August Schrader

**Die Kinder des Glücks**

IV. Teil

August Schrader

**Die Kinder des Glücks**
*IV. Teil*

ISBN/EAN: 9783743442511

Hergestellt in Europa, USA, Kanada, Australien, Japan

Cover: Foto ©Andreas Hilbeck / pixelio.de

Manufactured and distributed by brebook publishing software (www.brebook.com)

August Schrader

**Die Kinder des Glücks**

# Die
# Kinder des Glücks.

Originalroman

von

## August Schrader.

**IV. Theil.**

––––––––––––

Leipzig,
Verlag von Carl Zieger.
1866.

# 1.

## Ein neuer Handel.

„Sind Sie Kaufmann, mein Herr?"

„Reisender für ein Pariser Haus."

„So folgen Sie mir in das Komptoir, wenn Sie es nicht vorziehen, hier zu verhandeln. Meine Töchter sind eingeweiht in die Geschäfte . . ."

„Wir könnten doch durch Käufer gestört werden . . . da kommt schon eine Dame."

Es trat wirklich eine Dame ein, die Rosa und Doris empfingen.

Sophie mußte sich entschließen, obgleich sie wenig Lust dazu verspürte, dem Verlangen des Fremden nachzugeben. Sie hätte ihn gern abgewiesen; aber ein unerklärliches Gefühl hielt sie ab. Gefahr war übrigens nicht zu befürchten, da das Komptoir nur durch eine Glasthür von dem Laden geschieden ward. In

1

dem angrenzenden Zimmer arbeiteten die jungen Mäd=
chen, deren zwanzig Sophie beschäftigte. Sie führte
den Fremden also in das Komptoir, dessen Thür sie
hinter sich schloß.

„Hört uns Niemand?" fragte geheimnißvoll der
Fremde.

„Nein!"

„Madame Baum scheint mich nicht zu kennen..."

„Ich erinnere mich nicht, mein Herr ...."

„Sehen Sie mich genau an."

„Nennen Sie sich mir, ich bitte; meine Zeit ist
gemessen, da mir allein die Leitung des Geschäftes
obliegt."

„Sollte ich mich denn so stark verändert haben, daß
Sie in mir Franz von Hoym nicht wiedererkennen?"

Sophie erschrak.

„Sie, mein Herr, Sie wären ..."

„Franz von Hoym!"

Er verneigte sich wie ein Mann, der sagen will:
„ich habe die Ehre, mich Ihnen vorzustellen."

Die arme Sophie konnte ihre Bestürzung nicht
verbergen; sie mußte sich auf das glänzende Pult

stützen, denn sie schwankte, ihr war, als ob ein Schwindel sie befiele.

Der Edelmann schien mit Genugthuung den Eindruck zu bemerken, den sein Erscheinen ausübte.

„Ich kann es nicht glauben!" flüsterte Sophie.

„Was meine Liebe?"

„Daß Sie Franz von Hoym sind."

„O, glauben Sie es nur . . . Sie werden übrigens bald davon überzeugt sein, wenn Sie sich einige Minuten mit mir unterhalten haben. Man wird alt, die Zeit macht ihre Rechte geltend . . . ja, ja! Sie haben Karriere gemacht, sind immer noch eine schöne Frau . . ."

Diese unverschämte Schmeichelei verletzte die Modistin.

„Mein Herr, Sie wagen es sich mir vorzustellen?" rief sie zitternd.

„Ich wage es, im Vertrauen auf Ihre Sanftmuth und Ihre frühere Zuneigung . . ."

„Die sich längst in Abneigung verwandelt hat."

Das wäre traurig und schlimm zugleich . . . traurig für mich, schlimm für Sie. Wir werden uns wohl verständigen ... Meine Gesinnung, Sophie, ist dieselbe geblieben."

„Sprechen Sie nicht davon! Ich bin verheiratet und lebe in glücklichen Verhältnissen ... Hätte der Zufall mich nicht begünstigt ich würde damals unter= gegangen sein, als Ihre Treulosigkeit Schimpf und Schmach über mich brachte. Gott weiß, was ich gelitten habe!"

Der Edelmann hatte seinen abgeschabten Hut betrachtet.

„Liebe Freundin," sagte er kalt, „es gibt Ver= hältnisse, die den stärksten Geist zwingen, anders zu handeln, als er sich vorgenommen. Ich war ein Opfer solcher Verhältnisse ... mein Vater suchte Sie auf ... er bot Ihnen eine Entschädigung, daß Sie unter den eingetretenen Verhältnissen nicht leiden sollten. Ist es unsere Schuld, daß Sie ab= lehnten? Wir konnten wahrlich nicht mehr thun ..."

Sophie richtete sich stolz empor.

„Herr von Hoym," rief sie würdevoll, „ich habe Alles, Alles vergessen, auch die Schwüre, die Sie mir gegenüber feierlich ausgesprochen und später ge=

brochen haben. Es kommt mir nicht mehr in den Sinn, mit Ihnen zu rechten . . ."

„Ein Beweis Ihrer Sanftmuth, auf die ich baue."

„Nur die Verwunderung darüber will ich ausdrücken, daß Sie mich aufsuchen und mein ruhiges Glück unterbrechen, das Sie, mein Herr, gerade Sie mir am meisten gönnen sollten."

Franz von Hohm strich mit dem Aermel über seinen Hut.

„O, ich freue mich Ihres ruhigen Glücks und habe durchaus nicht die Absicht, es zu stören. Kann ich zur Erhaltung desselben beitragen . . ."

„Sie können es."

„Was muß ich thun?"

„Wenig, sehr wenig."

„Bezeichnen Sie es mir, ich bitte."

„Denken Sie nicht mehr an mich!"

„Sophie! Sophie!" murmelte erstaunt der Edelmann. „Die schönste Erinnerung, die ich besitze, soll ich streichen."

„Nehmen Sie durchaus keine Notiz von meiner Existenz . . ."

Franz von Hohm zuckte mit den Achseln.

„Eine schwere Aufgabe!" sagte er im bedauernden Tone.

„Wir haben uns nie, nie gekannt! Ich wünsche es nicht nur, ich fordere es von Ihnen! Und diese Forderung werden Sie leicht erfüllen können, zumal da Sie eine aristokratische Gattin besitzen."

Franz strich mit der Hand durch seinen Bart.

„Auf diesen Empfang war ich nicht vorbereitet," murmelte er verstimmt.

„Es ist mir unerklärlich, daß Sie einen andern erwartet haben. Verzeihen Sie, Herr von Hoym, das Geschäft ruft."

Aber Herr von Hoym rührte sich nicht; er blieb, die rechte Hand an das bärtige Kinn gelegt, sinnend stehen. Sein großes, tief liegendes Auge hatte sich auf die Modistin gerichtet.

„Sophie!" fuhr er plötzlich auf.

„Mein Gatte heißt Baum . . . denken Sie daran."

„Ah, gut! Also Madame Baum . . . es ist mir lieb, daß Sie die Stellung bezeichnen, die Sie einnehmen wollen. Ich kann mich darnach richten."

„Mein Herr, brechen Sie die Unterredung ab!"

„Sie hat noch nicht begonnen, Madame."

„Um des Himmels willen, was wolleu Sie denn noch?"

„Was ich will?"

„Ich sollte doch meinen, daß wir zu Ende wären."

„So meinen Sie . . ."

Franz sah sich nach einem Stuhle um.

„Meine Gesundheit ist noch angegriffen," murmelte er; „ich bin lange sehr krank gewesen : . . da Sie mir keinen Stuhl anbieten, muß ich mir einen Platz nehmen."

Sophie wußte nicht mehr, was sie beginnen sollte.

„Gott, o Gott!" flüsterte sie seufzend.

Franz hatte sich gesetzt.

„Ich werde mich beeilen, Madame Baum."

„Mann, Sie sinnen nichts Gutes."

„O, wir werden auf friedlichem Wege zum Ziele gelangen. Tragen Sie Sorge, daß wir nicht gestört werden. Ich sehe dort eine Ihrer schönen Töchter kommen . . ."

Er deutete auf die Glasthür.

Rosa, die im Laden stand, winkte der Mutter.

„Ich kehre gleich zurück," sagte die zitternde Sophie.

„Da ich sitze, Madame, bedarf es der Eile nicht, ich kann warten und werde warten."

Die Modistin trat in den Laden.

Rosa verlangte Auskunft über einige Artikel, die zwei Damen zu kaufen wünschten.

„Wie zitterst Du denn, liebe Mutter?" fragte die Tochter ängstlich.

„Es ist nichts, mein Kind, nichts!"

„Auch siehst Du bleich aus . . ."

„Was willst Du wissen?"

Die arme Modistin mußte mit den Käuferinnen, vornehmen Damen, verhandeln; sie konnte es nicht abweisen.

Während dieser Zeit saß Franz von Hoym ruhig in dem Komptoir und roch in eine kleine Horndose, die er aus der Tasche seines Winterrockes gezogen hatte.

„Soll ich den fremden Herrn unterhalten?" fragte die Tochter.

„Nein."

„Er ist allein."

„Ich werde gleich zu ihm zurückkehren."

Die Herzenspein der armen Frau läßt sich nicht

beschreiben; dennoch gewann sie es über sich, das Geschäft so weit einzuleiten und zu ordnen, daß es die Tochter abschließen konnte. Rasch kehrte sie in das Komptoir zurück, es lag ihr viel daran, den lästigen Besuch abzufertigen, ehe der greise Vater, der Mittags= ruhe hielt, dazu kam. Nicht selten ließ sich auch Ernst in das Komptoir führen, um in seinem Zim= mer nicht allein zu bleiben. Dies Alles hatte Sophie zu bedenken.

„Da sind Sie!" sagte der Gast.

„Beeilen Sie sich, mein Herr."

„Gern. Bitte, nehmen Sie doch Platz; es schickt sich nicht, daß ich sitze, während Sie stehen."

„O, mein Gott!" seufzte die gequälte Frau.

Um keinen Zeitverlust herbeizuführen, ließ sie sich auf dem nächsten Sessel nieder, der am Pulte stand.

„Sie wähnen," begann der Edelmann, „unser einstiges Verhältniß sei völlig gelöst . . ."

„Ich mache durchaus keine Ansprüche."

„Sie, o, ich glaube es wohl! Aber ich, ich . . . Wir haben einen Sohn, Madame . . ."

Sophie schrak heftig zusammen.

„Auch das noch! Und daran erinnern Sie, Sie, mein Herr!"

Die arme Modistin war leichenblaß geworden.

„Ich erinnere daran, weil ich muß. Wo ist mein Sohn Franz?" fragte er ruhig.

„Das ist zu viel! Seit langer Zeit haben Sie sich um uns nicht gekümmert, haben uns früher der Armuth und dem Elende preisgegeben, und jetzt ..."

„Jetzt erfülle ich, da es mir möglich ist, meine Vaterpflicht und Nichts, Sie mögen es glauben, soll mich daran hindern. Ich habe Rechte an meinen Sohn, diese geltend zu machen bin ich gekommen."

Hatten auch Schrecken und Scham die arme Frau ergriffen, so erkannte sie doch die Unverschämtheit des Edelmannes, der offenbar einen nichtswürdigen Plan verfolgte. Diesen kennen zu lernen mußte ihre Aufgabe sein. Mit der Stärke, die nur eine Frau besitzt, wenn sie für die Schätze ihres Herzens zittert, wußte sie sich so weit zu beherrschen, daß sie ein ruhiges Gesicht zeigen konnte. Sie hatte außerdem der Erfahrungen, gute und böse, genug gemacht, um Menschen und Dinge zu beurtheilen. Von diesem Franz hegte sie die schlechteste Meinung.

„Sie fordern Auskunft über den Knaben Franz?"

„Ja."

„Er ist auf meinen Namen getauft, da Sie es verschmähten, ihn anzuerkennen."

War das Gespräch auch peinlich, Sophie führte es mit einer Ruhe, die den Edelmann in Erstaunen versetzte.

„Dieser Umstand, Madame, ändert Nichts in der Sache. Was ich unterlassen, kann ich jederzeit nachholen. Man ist nicht immer Herr der Situation, wie ich schon früher zu bemerken mir erlaubte."

„Franz ist gut aufgehoben, mein Herr."

„Das genügt mir nicht!"

„Er bleibt wo er ist..."

„Wir werden sehen."

„Und niemals soll er den Mann kennen lernen, der treulos an Mutter und Kind gehandelt, der ein frevelhaftes Spiel mit den heiligsten Gefühlen getrieben hat, die eine Menschenbrust umschließt. Dieser Entschluß leitete mich damals schon, als Ihr Vater die Kühnheit hatte, mich und meine Ansprüche abkaufen zu wollen. Mein Herr, das arme Mädchen, das in Noth und Elend lebte, das Tag und Nacht arbeitete, um wenigstens dem hilflosen Kinde Nahrung

zu verschaffen, es schwieg und verbarg den nagenden
Gram im Herzen, es ertrug geduldig die Last der
Schande und den Zorn des Vaters ... es kämpfte
muthig mit dem gräßlichen Schicksale, daß der Mann
dessen Perfidie es vernichtet, mit seiner jungen und
reichen Gattin glücklich in der Ehe sein konnte. Von
Krankheit gefoltert und Gram war ich der Verzweif-
lung nahe ... hätten mich die Grundsätze, die der
Vater mir eingeprägt, nicht abgehalten, ich würde
die schreckliche Last des Lebens abgeworfen haben.

Der allgütige Gott erhielt mir den Muth und
den Verstand, er schenkte mir, die ich schuldlos litt,
noch einmal Glück und erweckte in dem Herzen eines
braven Mannes die Liebe zu mir, die mich dem
Elende entriß, in das Sie, Sie, Herr von Hohm,
mich gestürzt. Ich bin meinem Gatten den höchsten
Dank schuldig und Sie nicht minder; er hat gethan,
was Sie unterlassen, er hat mir die Hand gereicht,
daß ich der Last des Grams und der Schande nicht
erlegen bin. Meine Verhältnisse haben sich friedlich
gestaltet, eine gute Familie umgibt mich und das
Geschäft, das ich begonnen, gedeiht ... Mein armer
Mann hat das Augenlicht verloren ... ich muß

für ihn und meine Kinder arbeiten . . . Jetzt treten
Sie auf und wollen mir das mühsam errungene Glück
zerstören, wollten Erinnerungen wach rufen, die
gerade Sie verlöschen sollen . . . Herr von Hoym,
ich besitze noch so viel Glauben an Ihrer Ehrenhaf=
tigkeit, daß ich mich der Hoffnung hingebe: Sie wer=
den nie wieder eine Annäherung an mich wagen und
den Schleier nicht zerreißen, den die Vorsehung
gnädig über unsere Vergangenheit gebreitet."

Die letzten Worte hatte die Modistin mir zittern=
der Stimme gesprochen. Nun beobachtete sie den
Edelmann; es schien ihr, als ob dieser sich seines
Auftretens schämte . . . Er hatte die Blicke auf den
Hut gesenkt und lächelte wie ein Mensch, der seine
Verlegenheit zu verbergen sucht. Sophie empfand
Mitleiden mit dem Manne ihrer ersten Liebe; die
Erinnerung an jene wunderbare Zeit regte sich mäch=
tig in ihr und eine Art Wehmuth erwachte, von
der sie sich zu den Worten hinreißen ließ:

„Ich weiß nicht, Herr von Hoym, ob das Glück
Ihnen so günstig gewesen als mir; aber um Ihnen
zu zeigen, daß nie ein Fünkchen von Groll in mir
gelebt, daß ich mit der Ausgleichung meines Miß=

geschicks zufrieden bin, erbiete ich mich, Ihnen die Hilfe zu gewähren, die eine Freundin ihren Kräften entsprechend gewähren kann."

Der Edelmann sah rasch auf.

„Was ist das?" fragte er verletzt. „Wollen Sie mir ein Almosen schenken? Wollen Sie mich abkaufen? Das ist mehr als ich fürchtete. Was können Sie mir bieten?"

„Ich habe es gut gemeint..."

„Indem Sie mir eine Beleidigung zufügten."

„Wahrlich nein..."

„Vergessen Sie nicht, daß ich Edelmann bin!"

Herr von Hoym sah sehr böse aus.

„Was veranlaßt Sie," fragte er, „mir den Sohn vorzuenthalten? Warum soll ich nicht für ihn sorgen und ihm meinen Namen geben? Das will ich, das kann ich und ich werde es ausführen. Wenn Sie Ihr Kind lieben, müssen Sie mir Dank wissen, daß ich diesen Entschluß gefaßt habe."

„Mein Herr," entgegnete Sophie, deren Verlegenheit mit jeder Minute wuchs, wir haben uns damals für immer getrennt, als Ihr Vater mich abkaufen wollte..."

„Und Sie verschmähten das Geld."

„Weil ich meine Ehre nicht verkaufen wollte."

„Seltsam! Seltsam!"

„Ich habe trotzdem keinerlei Ansprüche geltend gemacht."

„Und mir muthen Sie zu, ein Almosen anzunehmen und mich dann wie ein beschenkter Knabe zu entfernen. Madame, Ihr Benehmen erregt schreckliche Annahmen in mir."

„Was nehmen Sie an?" fragte Sophie hastig.

„Daß Sie über unser Kind nicht mehr verfügen können. Die Gründe, die Sie genannt, lasse ich nicht gelten. Es ist jetzt mehr als je meine Pflicht, mich des Sohnes anzunehmen. Ihnen sind in gesetzlicher Ehe drei reizende Töchter geworden . . . man nennt sie allgemein die drei Grazien . . . ich habe sie gesehen diese drei Grazien und bewundere sie . . . den Sohn, der vielleicht nicht einmal Ihre mütterliche Liebe besitzt, werden Sie vernachlässigen, werden ihn irgendwo untergebracht haben, daß ihm keine Ahnung von seinen Eltern werde . . . Ihre Lieblosigkeit finde ich natürlich: aber ich, Madame, der ich ohne Kinder, der ich Wittwer bin... ich fühle

das Bedürfniß, ein mir nahestehendes Wesen zu besitzen. Wo ist mein Sohn?" fragte er barsch.

Die arme Sophie erschrak.

„Herr von Hoym," flüsterte sie, „vergessen
Sie nicht, daß Sie sich in meinem Komptoir befinden."

„Vergessen auch Sie nicht, Madame Baum, wer
ich bin. Ich habe das volle Recht zu fragen: Wo
ist mein Sohn?"

Die Modistin antwortete nicht.

Ein leichtes Zucken ihrer Gesichtsmuskeln machte
sich bemerkbar.

„Sie schweigen?" fragte forschend der Edelmann.
„Können oder wollen Sie nicht antworten?"

„Auch das, auch das noch!" rief Sophie. „Derselbe Mann, der mein junges Leben vergiftet, tritt
heute wie ein Dämon vor mich und mißhandelt mich,
weil ich einst so schwach gewesen, seinen Schwüren zu
glauben. Greifen Sie in Ihr Herz, mein Herr, wenn
Sie noch ein Herz besitzen, und fragen Sie sich ..."

Der Edelmann hatte die Hand ausgestreckt.

„Genug, Madame; ich bedarf der Moralpredigt
nicht!"

„Aber ich muß Ihnen sagen, daß Sie ein Ungeheuer sind."

„Das ist kühn."

„Muß Ihnen sagen, daß jede menschliche Regung aus Ihrer Brust gewichen ist..."

„Sie, Sie Madame?" fragte er höhnend. „Wollen Sie mich zur Selbsterkenntniß bringen? Wollen Sie mich einschüchtern? Nachdem Sie erfolglos den Bestechungsversuch gemacht, nehmen Sie zu diesem Mittel Ihre Zuflucht. Ich sehe, Madame, Sie sind eine gelehrige Schülerin in der Schule des modernen Lebens gewesen."

„O, mein Gott, mein Gott!"

„Die erste Modistin der Residenz macht ihrem Stande und ihrem Range alle Ehre. Ich spreche Ihnen meine Bewunderung aus!"

Er verneigte sich tief.

Sophie verließ ihren Platz.

„Herr von Hoym, nie vertraue ich Ihnen den Sohn an! Ein Mann Ihres Charakters, von Ihren Grundsätzen, kann nur nachtheilig auf ein junges Gemüth einwirken. Haben Sie den Muth dazu, so treten Sie gegen ;mich auf; bekennen Sie der

2*

Welt, daß Sie ein armes Mädchen schmählich betrogen, daß Sie eines zarten Kindes sich herzlos entäußert
haben . . . . Die Welt mag dann über Sie und mich
richten, sie mag sich ein Urtheil bilden über den
Mann, der dem bevorzugten Stande der Gesellschaft
angehört. Ich gebe mein Familienglück preis; aber
ich erhalte doch die Genugthuung, daß der Meineid
eines Edelmanns zur öffentlichen Kenntniß gelange!
Ein Gericht gibt es nicht, das mich verurtheilt . . ."

„Vielleicht doch, Madame!"

„Wer ist dieses Gericht!"

„Das Kriminalgericht, Madame!"

„Ich bin keine Verbrecherin!"

„Wir werden ja sehen, Madame!"

„Mein Gewissen ist rein von Schuld; ich bin
stets auf rechtlichen Wegen gegangen. Wehe dem,
der es wagt . . ."

Die heftigste Erregung raubte ihr die Sprache.

Auch der Edelmann hatte sich erhoben.

„Madame," fragte er leise, „was werden Sie
sagen, wenn der Staatsanwalt inquirirt: Wo ist Ihr
Kind? Wohin haben Sie das zarte Wesen gebracht,
als Sie es eines Abends spät aus dem Hause tru-

gen? Der Hausmeister, der Ihr Bündel untersucht hat, lebt noch . . . Ah, Sie erbleichen, Sie zittern wie ein Blatt im Winde . . . ich habe dem gräßlichen Verdachte nicht Raum geben wollen . . . jetzt bestätigt er sich. Wo ist mein Sohn?" fragte streng der Edelmann.

Sophie war einige Augenblicke wie vernichtet; sie starrte sprachlos den entsetzlichen Mann an, der mit triumphirenden Mienen vor ihr stand.

,Wollen Sie mir ein Verbrechen aufbürden?" stammelte sie.

„Ich muß daran glauben, wenn Sie auf meine Frage nicht antworten."

„Franz lebt!" rief sie mit fester Stimme. „Habe ich ihn auch nicht selbst erzogen, so weiß ich doch, daß er bisher unter guter Aufsicht gelebt hat."

„Warum zitterten Sie denn, Madame?"

„Weil ich immer mehr Ihren abscheulichen Charakter kennen lerne, Sie stets mehr verachten muß. Und Sie, Sie wollen für meinen Sohn sorgen? Wahrlich, in guter Absicht haben Sie diesen Entschluß nicht gefaßt. Ich lasse es darauf ankommen . . . machen Sie Ihre Rechte geltend, wenn Sie überhaupt Rechte an mich zu haben glauben. Thun Sie Alles, was Sie wollen; aber setzen Sie mich der Pein Ihres Anblickes nicht wieder aus."

Franz von Hoym überlegte.

„Wollen Sie es wirklich darauf ankommen lassen?" fragte er, malitiös lächelnd.

„Ich will es!"

In diesem Augenblicke trat der alte Pfarrer ein. Der Edelmann grüßte kalt vornehm und verließ das Komptoir. Als er durch den Laden ging, betrachtete er die jungen Mädchen, zu denen sich nun auch die dritte der Schwestern gesellt hatte. Sein stechender Blick fiel den Grazien auf, die sich darüber leise Bemerkungen zuflüsterten.

„Sophie!" rief erschreckt der Greis.

„Vater!"

„Wie siehst Du aus? Was ist geschehen? Wer war der Mann, der soeben ging?"

„Franz von Hoym, Vater."

„Der Elende, der Dich so schmählich betrogen hat?"

„Derselbe!"

Die Modistin saß erschöpft auf dem Komptoirstuhle.

Auch der Greis war schmerzlich betroffen. Eine düstere Ahnung stieg in ihm auf.

„Was wollte er?"

Sophie erzählte kurz die Forderungen und Drohungen des Edelmannes.

„Vater", schloß sie, „das ist ein großes Unglück! Dieser Mensch soll mir nun einmal Jammer und Elend bringen! Schon glaubte ich, er sei für immer meinen Blicken entrückt, er wolle und könne mich nicht auffinden ... da erscheint er heute, an dem Tage, der uns neues Glück zu bringen verspricht ... Was soll ich thun? Wozu soll ich mich dem gräßlichen Menschen gegenüber entschließen?"

„Beruhige Dich, Sophie! Dein Gewissen ist rein, es kann Dir nichts geschehen. Auch glaube ich kaum, daß Hohm-es bis zum Aeußersten treiben wird. Und wenn es geschieht, so haben wir Mittel zur Abwehr. Ich selbst habe jene Frau Wedekind vergebens aufgesucht ... das Weib war eine Betrügerin; in dem Städtchen N., das sie angegeben, hat nie ein Beamter dieses Namens existirt. Es war nicht recht von uns, daß wir die Angelegenheit ruhen ließen und der Behörde nicht Anzeige machten; aber die Sorge für

Ernst mag uns entschuldigen. Du kannst die Aus-
sagen, wenn man sie wirklich von Dir verlangen
sollte, beschwören. Doch, dahin wird es nicht kommen.
Gedulde Dich, wir werden bald den Plan des schlech-
ten Mannes durchschauen. Ich übernehme es, mit
ihm zu verhandeln; mag er nur wiederkommen.“

Dieser Vorfall brachte neue Unruhe in die Familie, deren äußere Verhältnisse glücklich zu nennen
waren, wenigstens Unruhe für die arme Sophie und
den Vater. Wie war dem Edelmanne beizukommen?
Man wußte nicht einmal, wo er sich aufhielt.

„Vater,“ flüsterte Sophie, „wir haben dem armen
Ernst das Unglück meiner Jugend verschwiegen, wie
wird er die Kunde davon jetzt aufnehmen? Er ist
eifersüchtig, glaubt sich betrogen, weil er mich nicht
überwachen kann . . . erfährt er meine Verirrung,
so schwindet der letzte Rest seines Vertrauens und er
glaubt keiner meiner Versicherungen mehr.“

Der Greis schwieg; die Wahrheit dieser Worte
fiel ihm schwer auf die Seele. Um die Tochter zu
beruhigen, sagte er nach einer Pause: „Du bist ihm
eigentlich keine Rechenschaft über die Zeit vor Deiner
Verheiratung schuldig, denn er hat versprochen, und

zwar ohne dazu aufgefordert zu sein, Dich nie um Deine erste Liebe zu befragen, die Du ihm entdeckt hast. Mehr konntest Du nicht thun. Die Furcht, daß er Dir lästig werde, daß Deine erste Neigung erwachen und der Gegenstand derselben sich einfinden könne, mag wohl der Grund seiner Eifersucht und seines Mißtrauens sein . . . Immerhin, er kann auf Dich keinen Stein werfen und wenn er seine Lage, wenn er Deine Aufopferung bedenkt, so muß er Dich mit Vorwürfen verschonen. Sei ruhig, Sophie; ich stehe Dir zur Seite!"

Am folgenden Tage zog der Greis Erkundigungen über Herrn von Hoym ein. Er erfuhr, daß die Familie gänzlich zu Grunde gegangen sei, daß der alte Herr längst nicht mehr lebe und der junge, Franz, eine abenteuerliche Existenz habe. Woher er die Mittel dazu nehme, konnte Niemand angeben. Ueber seinen Wohnort ließ sich Nichts erfahren. Soviel stand indeß fest, daß der Edelmann sich keines guten Rufs erfreute und daß er in den Kreisen seiner Standesgenossen nicht beliebt war.

## 2.

### Im Kaffeehause.

Es war spät in der Nacht.

Wir führen den Leser in eins der ersten Kaffee-
häuser der Residenz, das an dem großen Parabeplatze
liegt. War die Mitternachtsstunde auch schon vorüber, in den elegant eingerichteten Räumen des Eta-
blissements herrschte noch reges Leben. Auf den Billards rollten die Kugeln und an den Tischen gaben
sich die Gäste, die fast alle den vornehmen Ständen
angehörten, einer lebhaften Unterhaltung hin.

Ein Mann, fest in seinen Rock geknöpft, betrat
den großen Saal.

Wir kennen diesen Mann, er ist Franz von Hohm.
Die Kälte rittelte ihn, er sah bleich aus; in seinem
Barte zeigte sich der weiße Reif, als ob er, Franz,
lange im Freien zugebracht hätte. Nachdem er die

Gesellschaft in dem Saale überblickt, suchte er eins
der kleinen Nebenzimmer auf. Hier fand er ein
Plätzchen in der Nähe des Ofens. Er legte Hut
und Oberrock ab. Die Toilette, in der er sich nun
zeigte, war zwar modern, aber doch von jener Schlaff-
heit, die das häufige Tragen hervorbringt. Die Wäsche war nicht weiß und auf dem schwarzen Fracke
lag der Staub.

Franz genoß behaglich die Wärme des Ofens.

„Was steht dem Herrn zu Diensten?“ fragte der
Aufwärter, ein geschniegelter und gebügelter junger
Mann in dem feinsten schwarzen Anzuge.

„Ein Glas Grogg!“ antwortete Franz.

Das Verlangte dampfte auf dem Marmortischchen.

Franz griff hastig darnach und trank.

„Oh, Oh,“ murmelte er. „Das schmilzt mein
erstarrtes Blut? Ein wahrer Göttertrank! Wenn er
nur nicht so theuer wäre,“ fügte er ganz leise hinzu.

Das Glas war bald leer.

Der Kellner mußte ein zweites bringen.

Franz setzte sich, zündete eine Zigarre an und
begann zu rauchen. Bald forderte er ein drittes
Glas. Seine Gesichtsfarbe war schon eine andere

geworden; sein Auge glühte und die starren Züge belebten sich. Er nahm ein Zeitungsblatt und las.

Während dieser Zeit hatte sich ein junger Mann an denselben Tisch gesetzt, dem der Aufwärter ein Glas Punsch und Gebackenes brachte.

Franz legte das Zeitungsblatt bei Seite.

Der neue Gast grüßte ihn; er war ja nur durch das Tischchen von dem Edelmanne getrennt.

„Es ist sehr kalt!" sagte der junge Mann, der ein Gespräch anzuknüpfen suchte. „Die Nähe des Ofens wirkt wohlthätig."

„Mehr noch der Grogg!" meinte Franz lächelnd. „Ist Ihnen eine Partie Domino gefällig?"

„Danke, mein Herr."

„Sie lieben das Spiel nicht?"

„Wenigstens nicht das geistlose Dominospiel."

„Was sonst?"

„Kartenspiel."

„Ah, auch ich bin ein Freund davon..."

„Lassen wir Karten bringen, wenn es Ihnen recht ist."

„Gern. Die Zeitungen sind mager, sie gewähr-keine Unterhaltung... es ist noch nicht spät... Karten, Kellner!"

Die Karten lagen auf dem Tische. Der junge
Mann zog eine gefüllte Börse aus der Tasche.

„Natürlich um Geld?" fragte er vornehm lächelnd.

Franz warf einen Blick auf die Börse.

„Natürlich!" murmelte er. „Gewinnen und Verlieren gibt dem Spiele einen erhöhten Reiz. Es han-
delt sich nicht um die Summe, sondern nur um die
Erregung . . ."

Der Edelmann legte ein kleines beschmutztes Portefeuille auf den Tisch.

Man einigte sich über das Spiel und den Einsatz.

Der junge Mann mußte ein gewandter Spieler
sein, es verrieth das Mischen der Karten und die
Art und Weise des Ausspielens. Franz benahm sich
ein wenig ungeschickt, was wohl seinen Grund in
den starren Händen haben mochte. Der junge Elegant lächelte darüber; er strich seinen kleinen schwarzen Bart, nahm die Karten, die er mit einem Griffe
ordnete, und spielte aus. Franz folgte langsam und
bedächtig nach. Der junge Mann gewann. Auch bei
dem zweiten Spiele hatte er Glück.

„Oh," murmelte Franz, „Sie verstehen es!"

„Glück, nur Glück! Es bleibt mir nicht immer treu."

„Weiter!"

Nun gewann Franz; er gewann sehr oft, so daß die Börse des jungen Mannes bedeutend an Inhalt verlor.

„Sie sind ein Glückspilz!" rief er. „Wahrlich, das ist mir noch nicht vorgekommen!"

Franz von Hohm spielte so ruhig, als ob er das Gewinnen für ganz natürlich hielt. Der junge Mann aber ward stets erregter, er warf die Karten auf den Tisch und zahlte den Verlust mit zitternder Hand.

„Meine Börse ist leer!" rief er. „Schließen wir das Spiel!"

Er schob die Karten bei Seite. Dann trank er hastig den Punsch und ließ noch einige Gläser kommen, die er rasch nach einander leerte, als ob er sich betäuben wollte. Auch der Edelmann that sich gütlich; er genoß so viel von dem starken Grogg, daß er in eine heitere Stimmung versetzt ward. Er betrachtete seinen Mitspieler. Dieser war ein junger Mann von vielleicht zwanzig und einigen Jahren. Seine Toilette verrieth, daß er den besseren Ständen angehörte. In seinem Wesen lag etwas Distinguirtes, er sprach gut und zeigte feine Manieren. Sein

Gesicht war bleich, aber höchst interessant. Das
schwarze krause Haar und das schwarze Bärtchen
über der Oberlippe standen ihm vortrefflich. Sei=
nem aristokratisch kleinen und weißen Händen sah
man es an, daß sie im Leben nicht viel gearbeitet
hatten. Ringe, Uhrkette und Busennadel, die er trug,
mußten von hohem Werthe sein. Dies Alles hatte
Franz mit einem Blicke erfaßt.

„Ich möchte Ihnen gern Revanche geben," be=
gann er nach einer Pause.

Der junge Mann machte eine stolze Bewegung
mit der Hand, in welcher er die brennende Cigarre hielt.

„Wozu?" fragte er.

„Weil es so Sitte ist."

„Man spielt in der Regel, um zu gewinnen..."

„Oder auch zu verlieren!" fügte Franz lachend
hinzu. „Mir ist es oft schon so ergangen."

„Bah, ich spiele um zu spielen, um die Zeit zu
tödten."

Er strich mit der Hand über die Stirne und
seufzte. Dann entlockte er seiner duftenden Cigarre
große Rauchwolken, die er langsam durch das Zim=
mer blies.

„Mein Herr," sagte der Edelmann, „ich freue mich, Ihre Bekanntschaft gemacht zu haben."

„Danke mein Herr!"

„Haben Sie in diesem Café keine Freunde?"

„Nein! Ich besuche es in der Regel nicht. Heute führte mich der Zufall an diesen Ort. Ich bedurfte der Zerstreuung, der Erregung . . . Sie mein Herr, haben mir Beides gewährt. Ein Stündchen ist rasch verflossen . . . Ich danke Ihnen dafür. O, wäre die ganze Nacht vorüber!"

Er seufzte wiederum und griff nach dem Glase. Es war leer.

„Kellner!" rief er.

Der Gerufene kam.

„Mir fällt ein, daß meine Börse leer ist! Nehmen Sie diesen Ring!"

Er zog rasch den Brillantring vom Finger und gab ihn dem Kellner, der ihn betrachtete.

„Wie hoch schätzen Sie ihn, Garcon?"

„Verzeihung, mein Herr, ich bin nicht Kenner! trotzdem glaube ich annehmen zu dürfen, daß der Stein von Werth ist."

„Er ist ein Brillant vom reinsten Wasser. Sie

können es mir aufs Wort glauben. So viel an Werth besitzt er, daß ich noch einige Flaschen Champagner trinken kann."

Franz ließ sich den Ring reichen.

„Er ist sehr werthvoll!" murmelte er, nachdem er ihn betrachtet hatte. „Sie können dem Gaste acht Tage lang Champagner reichen, ohne Gefahr zu laufen Einbuße zu erleiden."

„So kreditire ich Ihnen," erklärte der Kellner, der das Kleinod zurücknahm.

„Bis morgen, Freund, nur bis morgen!" rief der junge Mann. „Sie werden auch anständige Zinsen erhalten. Bringen Sie zwei Flaschen Champagner . . . jener Herr ist mein Gast!"

Der Kellner verschwand.

„Sie sind ein echter Kavalier, mein Herr!" sagte Franz. „Ich habe es auf den ersten Blick bemerkt, daß Sie zu leben verstehen, eine Kunst, die manchem Edelmanne nicht bekannt ist."

„Und doch bin ich unglücklich!"

„Ich bedauere Sie, mein Herr! Wenn Sie Philosophie genug haben, die kleinen Widerwärtigkeiten des Lebens . . ."

„Kleine Widerwärtigkeiten?" fragte bitter der junge Mann.

„In Ihrem Alter gibt es große noch nicht! Und das ist ein Glück! Sie haben noch eine Zukunft, ein weites Feld für Ihr Schaffen und Treiben. In meinem Alter ist es anders; Vieles liegt abgeschlossen hinter mir . . ."

„Sind auch Sie unglücklich?"

„Ich bin zufrieden mit Hilfe meiner Phiosophie und meiner Menschenkenntniß."

Der Kellner brachte den Champagner. Dienstfertig füllte er die Gläser. Dann entfernte er sich.

Die beiden Männer stießen an und tranken.

Franz von Hohm hatte den Genuß des edlen Weins lange entbehren müssen; er schlürfte mit dem Behagen eines Mannes, der den Nektar zu schätzen weiß. Der junge Mann aber trank in einer wahren Fieberhast.

„Das erwärmt!" murmelte er. „Man kommt auf andere Gedanken und sieht die Dinge für kurze Zeit in einem rosigen Lichte. O, wäre die Nacht schon vorüber!"

Er leerte ein neues Glas.

Franz von Hoym sorgte dafür, daß die Gläser
stets gefüllt waren. Er erreichte dabei einen dop=
pelten Zweck: den, daß er selbst immer trank und
den, daß seine neue Bekanntschaft redselig wurde.
Als Trinker von Profession blieb er lange bei klarer
Besinnung. Es mußte schon stark kommen, ehe er
sich für überwunden erklärte. Diese Nacht hatte er
besonderes Glück, seine Börse war gefüllt und vor
ihm stand Champagner, den er nicht aus eigenen
Mitteln zu bezahlen brauchte.

„Was hat Ihnen die Nacht gethan?“ fragte er
scherzend. „Warum wünschen Sie, daß die schöne
Zeit vorüber sein möchte? Nach Mitternacht erhält
der Geist erst Spannkraft, das wahre Leben beginnt.
Der Philister liegt im Bette und schläft . . . wer
schläft, lebt nicht!“

Der junge Mann sah ihn mit großen Augen an.

„Wer schläft, lebt nicht!“ wiederholte er.

„Ich sehne mich wahrlich nicht nach dem Schlafe,
den ich nur als einen die Langeweile tödtenden Gast
betrachte.“

„Ein guter Gedanke! Sie sind Philosoph, mein
Herr.“

3*

„Auch Sie können es sein, wenn Sie wollen. Trinken Sie, daß die Sorgen wie Spreu im Winde verfliegen.‟

Die Flaschen waren leer. Der Aufwärter mußte zwei neue bringen. Die Gläser erklangen und die Männer tranken. In dem Nebenkabinette befand sich kein Gast weiter, ein Umstand, den Franz mit Genugthuung wahrnahm. Aus dem Saale herüber erklang das Knallen der Billardbälle, einige Gäste, die ebenfalls den Schlaf hassen mochten, gaben sich beharrlich den Freuden des Spiels hin zum Verdrusse der Kellner, die hier und dort auf Stühlen kauerten. Es brannten nur noch so viel Gasflammen, als zur Beleuchtung der Billards nöthig waren.

Der jüngere Gast befand sich in dem Stadium der Erregtheit, das weich stimmt und zu vertraulichen Mittheilungen geneigt macht.

„Ihre Hand, mein Herr!‟ stammelte er.

„Hier ist sie!‟

„Schließen wir Freundschaft.‟

„Von Herzen gern.‟

„Ich muß mich aussprechen, mein Herz ist zu voll, der Kopf will zerspringen . . . es ist unerträglich!‟

„Theilen Sie mir Alles mit!" bat Franz gut=
müthig. „Ich stehe Ihnen gern mit Rath und
That bei."

„Sie wollen also mein Freund sein?"

„Nennen Sie mir Ihren Namen . . ."

„Hier ist meine Karte!"

Der junge Mann öffnete sein zierliches Porte=
feuille und nahm eine Karte, die er dem neuen
Freunde reichte. Dieser las: „Edmund von Stein".

„So heiße ich! Und nun Sie, mein Herr. . ."

„Ich bin Edelmann wie Sie."

„Ah! Ah! Das trifft sich gut. Wie heißen Sie,
lieber Freund?"

„Franz von Hoym!"

„Das ist ein schöner Name!" lallte Edmund.
„Ich gebe viel auf den Namen . . . Nun freue ich
mich doppelt Ihrer Bekanntschaft . . . Sie sind ein
geistreicher Mann, das weiß ich schon! Trinken wir,
Herr von . . . wie heißen Sie doch?"

„Von Hoym."

„Herr von Hoym! Ich werde den Namen nicht
vergessen. Das ist wirklich eine schöne Nacht!"

„Trinken wir auf unsere junge Freundschaft, die

so alt werden möge, als wir selbst werden. Es lebe die Freundschaft!"

„Sie lebe hoch!" stammelte Edmund, der den schäumenden Wein gierig trank.

Die Freundschaft war geschlossen, trotzdem der eine Freund noch einmal so alt war als der andere. Franz von Hohm verfolgte einen Plan, den wir bald durchschauen werden; er war ja der Mann, der von allen Verhältnissen im Leben Nutzen zu ziehen suchte.

„Nun theilen Sie mir Ihren Kummer mit, mein lieber Freund!"

Edmund von Stein war seiner Sinne kaum noch mächtig.

„Haben Sie schon einmal geliebt?" fragte er traurig.

„Oh!" rief Franz, „wer existirt wohl, dem dies nicht begegnet ist! In dem Leben eines jeden Menschen spielt die Liebe eine Rolle."

„Haben Sie unglücklich geliebt?" fragte der Berauschte.

„Nein."

„So können Sie meine Pein nicht beurtheilen."

Herr von Stein stieß einen langen Seufzer aus
und trank den Rest des Glases.

Franz griff zur Flasche und füllte die Gläser.

„Lieber Freund," sagte er, „es gibt keine unglückliche Liebe; die Liebe bleibt sich unter allen Verhältnissen gleich. Das Eigenschaftswort „unglücklich"
ist nur ein eingebildetes. Man liebt oder man liebt
nicht. Ist Liebe vorhanden, so läßt sich das Ziel stets
erreichen. Es kommt Alles darauf an, wie man die
Geschichte angreift. Element, ein junger Mann von
Ihrem Aeußern, von Ihrer Bildung, von Ihrem
Vermögen, muß bei jeder Dame den Sieg davon tragen. Sie haben ohne Zweifel ungeschickt manipulirt. Unter meiner Leitung sollen Sie bald Erhörung finden."

„O, so leiten Sie mich!" bat Edmund.

„Gern!"

„Die Pein tödtet mich!"

„Es wäre Schade um das junge Leben, das zu
den schönsten Hoffnungen berechtigt."

„Sie sind mein wahrer Freund! Nun sagen Sie
mir, was ich thun soll. Doch zuvor trinken wir...
Kellner, Champagner! Ich bezahle Alles, Sie bezahlen nichts!"

Eine neue Flasche wurde gebracht. Franz ent= korkte, füllte sein Glas und trank. Er forderte den Freund nicht mehr zum Trinken auf, da dieser sonst die Besinnung verloren haben würde. Ihm lag daran, den jungen Mann auszuforschen.

„Freund," sagte er, „wen lieben Sie?"

„Ein reizendes Mädchen."

„Natürlich; aber wie heißt die Schöne?"

„Rosa! Rosa! Ach, die göttliche Rosa! Ich kann nicht an sie denken, ohne daß mir die Augen über= gehen."

Edmund mußte wirklich die Thränen trocknen.

„Der Rosen, mein Freund, gibt es viel in der Welt; wissen Sie den Familien=Namen Ihrer Ange= beteten nicht?"

„Ja, o ja!"

„Nun, so nennen Sie ihn mir . . ."

„Rosa Baum!"

„Ah, eine von den drei Grazien."

„Sie kennen sie?"

„Sehr genau; ich bin befreundet mit der reichen Modistin und spreche Rosa täglich. Ah, Rosa ist ein

Engel, eine Göttin, eine Fee . . . es gibt keine größere Schönheit unter der Sonne.“

„Nicht wahr? Nicht wahr?“ stammelte Edmund.

„Ohne Widerrede. Diese Grazie kann einem füh-
lenden und denkenden Manne den Kopf schon verdre-
hen. Jetzt wundere ich mich nicht, daß Sie schwer-
müthig sind. Sie haben doch die Geliebte schon
gesprochen?“

„Flüchtig, sehr flüchtig. Ich möchte ihr so gern
meine Liebe gestehen...“

„Schreiben Sie ihr einen Brief; ich werde ihn
besorgen und mit den nöthigen Bemerkungen beglü-
cken. Die Sache hat durchaus keine Schwierigkeiten.
Auch bei der gestrengen Mutter werde ich Sie bevor-
worten . . . Madame Baum ist meine Freundin, sie
hört stets auf meinen Rath. Aber nun, Freund, wie
steht es in Ihrer Familie? Sie sind Edelmann, Ihre
Eltern werden eine Mesalliance nicht zugeben . . .
Wer ist Ihr Vater? Wie denkt er von der Ehe mit
einer bürgerlichen Frau?“

Edmund legte beide Arme auf den Tisch und den
schweren Kopf auf die Arme. Eine wahre Leichen-
blässe bedeckte sein interessantes, edel geformtes Ge-

ſicht. Große Schweißtropfen perlten an ſeiner Stirne;
das Auge hatte faſt keinen Ausdruck mehr. Er ſprach
mit großer Anſtrengung.

„Meinen Vater meinen Sie?"

„Gewiß!"

„Ich habe keinen Vater mehr."

„Aber doch eine Mutter?" forſchte Franz von
Hoym, der immer eifriger ward.

„Eine gute Mutter, eine liebevolle Mutter, die
Alles thut, was ich will . . . Auch iſt ſie reich . . .
ſie bezahlt meine Schulden, und wenn ſie die reizende
Roſa geſehen hat . . . Sie müſſen meine Mutter
kennen lernen . . . Frau von Stein iſt eine vernünf=
tige Dame, und da Sie Edelmann ſind . . . ja, ich
werde Sie einführen. Kennen Sie Frau von Stein
nicht?"

„Nein!"

„Mein Vater iſt ſchon lange todt, ich habe ihn
nicht mehr gekannt . . . Ach, Roſa! Die Schönſte
der Schönen ſoll leben! Freund, ſtoßen wir an!"

„Es lebe Roſa!"

„Wenn Roſa nicht meine Frau wird, zerſchmettere
ich mir den Schädel!"

Edmund leerte in einem Zuge sein Glas. Nun war es mit der Unterhaltung zu Ende. Der Berauschte sprach nicht mehr, er phantasirte nur noch von Rosa, dem Engel, und schwor, daß er sich erschießen werde, wenn seine Liebe nicht Erhörung fände. Dann ließ er den Kopf auf den Tisch sinken. Er mußte schlafen, da er regungslos verblieb.

„Eine köstliche Entdeckung!" murmelte Franz vor sich hin. „Noch weiß ich nicht, w i e ich davon Nutzen ziehen werde, aber daß es geschieht, ist gewiß. Dieser Edmund ist ein Phantast, er hat eine Mutter, die Witwe ist und ihn liebt . . . Die liebende Mutter besitzt Vermögen . . . Rosa, die - Angebetete dieses Phantasten ist die Tochter der Madame Baum . . . Franz, Dein Weizen blüht, schicke Dich zur Ernte an."

In großer Seelenruhe leerte er die noch halb gefüllte Flasche. Der Genuß des Weins schien keine Veränderung in ihm zu bewirken; er blieb bei klarem Verstande. Die Billardspieler hatten sich entfernt, in dem großen Saale herrschte völlige Ruhe. Die Gasflammen waren ausgelöscht. „Es ist Zeit!" dachte Franz, der den schweren Rock anzog und nach dem Hute griff. Nun rief er den Kellner.

„Wie hoch beläuft sich die Schuld meines Freundes?"

„Zehn Thaler, mein Herr."

„Morgen Früh werde ich den Ring einlösen."

„Gut, mein Herr."

„Ich mache Sie für die richtige Ablieferung ver=
antwortlich, da der Ring ein werthvolles Familien=
stück ist."

„Befürchten Sie nichts; ich stelle Ihnen ehrlich
das Pfand zurück."

Franz von Hoym rüttelte seinen neuen Freund
empor und half ihm den Pelz anziehen.

„Rosa! Rosa!" stammelte der Berauschte. „Ich
schreibe einen Brief, den mein Freund Dir bringt.
Ah, Sie sind doch mein Freund? Recht so, führen
Sie mich! Ach, ich habe zu viel getrunken! Aber an
Rosa denke ich doch und an Sie, den Freund der
Madame Baum. Verlassen Sie mich nicht!"

„Kommen Sie, Edmund!"

„Wohin?"

„Zu Ihrer Mutter."

„Warum nicht zu Rosa?"

„Es ist spät in der Nacht . . . morgen berathen

wir, was zu thun ist. Für jetzt vertrauen Sie sich meiner Führung an."

Arm in Arm verließen Beide das Kaffeehaus. Eine schneidende Kälte empfing die Freunde, hinter denen sich rasch die Thür schloß. Der Schnee knirschte unter ihren Füßen. Edmund von Stein schwankte zwar, so daß der Begleiter ihn wirksam unterstützen mußte; aber er hatte doch noch so viel Besinnung, daß er auf die an ihn gerichteten Fragen antworten konnte.

„In welcher Straße wohnt Ihre Mutter?"

„Am Schloßplatze."

„Ah, in dem Stadtviertel der reichen Aristokratie. Um dorthin zu gelangen, müssen wir diese Straße einschlagen. Ein Wagen ist nicht mehr zu erhalten... legen wir zu Fuß den Weg zurück."

Sie schritten weiter. Edmunds Gang gewann immer mehr an Festigkeit, sein Rausch schien abzunehmen.

„Freund," rief er plötzlich, „Sie werden Ihr Versprechen doch halten?"

„Ein Edelmann hält sein Wort, und wenn er die größten Opfer bringen soll. Ich habe Sie lieb

gewonnen, Freund; zählen Sie fest auf mich. Ge=
ben Sie mir morgen den Brief."

„Wo? Wo?"

„Ich erwarte Sie in meinem Zimmer."

„Wann?"

„Um elf Uhr Vormittags. Sie werden mich
treffen... der Brief wird geschrieben sein ... Sie
machen mich elend, wenn Sie ausbleiben!"

„Ich komme."

Rasch gingen sie weiter. Nachdem sie einige Straßen
durchschritten hatten, betraten sie einen Platz, über
den hinweg ein scharfer Wind fegte. „Der Schloß=
platz!" rief Franz. „Wo liegt Ihr Haus?"

Edmund sah um sich.

„Dort!" rief er, auf ein großes Gebäude zeigend.

Franz schritt dem Hause zu. Zwei Fenster in
dem ersten Stockwerke desselben waren noch erleuch-
tet. Die Schloßuhr zeigte die zweite Morgenstunde
an. An der Thür fragte Hoym:

„Hier also wohnen Sie?"

Der Rausch Edmunds mochte in Unwohlsein übergegangen sein; er stammelte mit großer Anstrengung
das „Ja?"

„Sie wissen es doch genau? Sie irren doch nicht, mein lieber Freund?"

„Rechts befindet sich der Klingelzug . . . ziehen Sie an . . . mich friert! O es ist bitter kalt!"

Dem Herrn von Stein klapperten die Zähne. Franz hüllte ihn fester in den Pelz, dann zog er die Glocke, deren heller Ton sich auf der Straße vernehmen ließ.

„Sehen Sie morgen Früh Rosa, Freund?"

„Ich kann sie sehen."

„Grüßen Sie die Grazie und schildern Sie ihr meine Pein. O, die Nacht, die schreckliche Nacht! Mir bangt das Haus zu betreten . . . Die Mutter wird mich mit einer Strafpredigt empfangen . . ."

„Sie haben mir gesagt, die Mutter sei gut und nachsichtig . . ."

Jetzt ward die Thür geöffnet. Ein Mann, der bis über die Ohren in einen großen Pelz gehüllt war, stand auf der Schwelle. In der Hand trug er eine Laterne. Es war der Portier.

„Sie kommen doch?" fragte Edmund.

„Wie ich versprochen. Erwarten Sie mich um elf Uhr. Gute Nacht!"

Nach einem kräftigen Handschlage schwankte Ed=
mund in das Haus.

„Portier!" rief Franz.

„Was beliebt?"

„Nehmen Sie sich des jungen Herren an, er hat
einen kleinen Champagnerrausch."

„O, ich kenne das schon und werde den jungen
Herrn expediren. Gute Nacht!"

Die breite Thür ward geschlossen. Franz sah an
dem stattlichen Hause empor.

„Gut," murmelte er, „Frau von Stein scheint
eine reiche Dame zu sein; hier kann ein armer Aven=
türier vielleicht Glück machen. Der Abend war nicht
schlecht; möchten noch andere der Art folgen!"

Er faßte das Haus scharf ins Auge, um es von
den Nachbarhäusern zu unterscheiden, und ging den
Weg zurück, den er gekommen war. Wir folgen Ed=
mund von Stein, den der Portier führte, die breite
Treppe hinan. Im ersten Stocke zog er die Glocke
an einer Thür. Gleich darauf öffnete eine Dame,
die einen silbernen Armleuchter mit tief herabgebrann=
ten Kerzen trug.

„Mutter, es ist sehr kalt!" stammelte Edmund, der sich Mühe gab, fest über die Schwelle zu gehen.

Frau von Stein entließ den Portier und schloß die Thür. Sie fand den Sohn in einem fein möb=lirten Zimmer, das noch erwärmt war. Eine sorg=liche Hand hatte das Feuer im Ofen erhalten.

Die Dame, die vier= bis fünfundvierzig Jahre zählen mochte, trug einen eleganten Hauspelz und ein Häubchen, das ihrem vollen, interessanten Gesicht vortrefflich stand. Sie mochte einst sehr schön gewe=sen sein, sie war noch schön. Selbst in der Haus=toilette lag eine unverkennbare Eleganz. Ihr Wuchs war hoch und stattlich. Selbst unter dem Pelze zeich=neten sich schöne und runde Formen ab. Nachdem sie den Leuchter auf den Tisch gestellt, half sie dem Sohne den Pelz ablegen. Edmund warf sich auf die Ottomane und legte das bleiche Haupt in die seide=nen Polster. Er bot einen traurigen Anblick. Die Mutter betrachtete ihn mit schmerzlichen Blicken.

„Edmund, Edmund, bist Du krank?"

„Nein!"

„In diesem Zustande kommst Du nach Hause?"

„Laß mich, Mutter . . . morgen, morgen! Die Kälte hat mich erstarrt . . . ich muß aufthauen."

Er machte eine abwehrende Bewegung mit der Hand, die schwer auf das Knie zurückfiel.

„Mensch, Du bist betrunken!" schrie die Mutter auf.

„Täuschung, Täuschung!" stammelte der Sohn. „Ich war in guter Gesellschaft . . . Mutter, das Amüsement . . ."

„Und Du, Leichtsinniger, kannst es über Dich gewinnen, mich bis an den Morgen warten zu lassen?"

„Gehe doch zu Bett, liebe Mutter! Auch ich bin recht müde . . . Wir mußten Champagner trinken, der Kälte wegen."

„Mensch, ich wiederhole Dir, daß ich mich von Dir lossage, wenn Du Dein Leben nicht änderst! Es wird täglich schlimmer . . . in einem solchen Zustande habe ich Dich noch nicht gesehen. Wohin soll das führen? Was soll aus Dir werden? Um mir die Schande zu ersparen, habe ich die Domestiken zu Bett geschickt, ich selbst entziehe mir den Schlaf und dafür werde ich durch diesen Anblick belohnt . . . Undankbarer Mensch! Du hast mir versprochen, ein ordentliches Leben zu führen, Dich Deinem Range und Stande gemäß zu betragen . . . Wie schlecht hälst Du Dein Versprechen! In einem thierischen Zustande betrittst Du Morgens zwei Uhr die mütterliche Wohnung . . . Edmund, Du hast keine Liebe mehr zu mir . . . Du würdest mir sonst diesen Kummer nicht bereiten. Aber meine Geduld ist nun zu Ende. Ich entziehe Dir die Mittel zu dem leichsinnigen Leben und überlasse Dich Deinem Schicksale."

Der hoffnungsvolle Sohn hörte diese Worte der bekümmerten Mutter nicht mehr, er war eingeschlafen. Eine starke Respiration verrieth die Tiefe der Ruhe, zu der er übergegangen.

„Er schläft!" flüsterte bestürzt Frau von Stein. „Ich habe zu tauben Ohren gesprochen. Sein Zustand ist schrecklich. Es muß, es soll anders werden, und wenn mir das Herz darüber bricht. Eine Todtenblässe bedeckt seine schönen Züge . . . O, mein Gott, wie glücklich hätte dieser Mensch mich machen können, wenn er meinen Ermahnungen gefolgt wäre! Ausgestattet mit einem angenehmen Aeußern, mit den besten Vorzügen des Geistes und Gemüths, überläßt er sich schrankenlos dem Leichtsinne der Jugend . . .

4*

nein, jetzt ist es nicht mehr Leichtsinn! Warum mei=
det er die lockere Gesellschaft nicht? Ich muß sie
kennen lernen diese Gesellschaft, muß wissen, mit wel=
chen Leuten der sonst gute Edmund umgeht. Es ist
doch wohl möglich, daß ich ihn noch auf einen bessern
Weg führe. Was beginne ich denn? Wie bringe ich
ihn zu Bett?"

Sie überlegte.

„Nein, die Domestiken kann ich nicht wecken; sie
dürfen meinen Sohn nicht in dieser Verfassung sehen
. . . die Scham würde mich umbringen!"

„Rosa! Rosa!" murmelte Edmund im Traume.

Die Mutter trat ihm näher.

„Er nennt den Namen eines Mädchens . . .
vielleicht verräth er sich schlafend."

Der Schlafende fuhr fort:

„Von den drei Grazien ist sie die schönste, wie
sie überhaupt das schönste Mädchen auf der Erde ist.
Ach, Rosa, ich muß Dich besitzen . . . Du mußt
mein Weib werden!"

„Gott im Himmel, auch das noch!" jammerte
die Mutter. „Er ist in die Hände von leichtsinnigen
Frauen gefallen . . . leichtsinnig müssen sie sein, da

er in diesem Zustande von Ihnen kommt. Und die schrecklichen Worte „drei Grazien . . .“

Edmund hob den Kopf empor.

„Ich schreibe den Brief . . . er muß fort! O, es ist Zeit . . .“

Er erhob sich.

Als er die Mutter erblickte, blieb er erstaunt stehen.

„Was für einen Brief willst Du schreiben?“ fragte sie streng.

„Einen Brief?“

„Du hast so eben davon gesprochen.“

„Nein, Mutter!“

„Täusche mich nicht, Edmund.“

„Ich weiß von keinem Briefe . . .“

„Mensch, willst Du mich denn ganz elend machen?“ rief schluchzend Frau von Stein.

Edmunds verwirrte Sinne faßten die Situation nicht.

„Mich friert, ich will zu Bett gehen!“

„Wer sind die drei Grazien?“ fragte die Mutter.

„Drei Grazien?“ wiederholte der Sohn.

„Wer ist Rosa, das schönste Mädchen auf der

Erde? Wer ist sie? Wo ist sie? Edmund, Du hörst,
daß ich Deine Geheimnisse kenne . . ."

„Laß doch, Mutter!"

„Du bist in verderbliche Gesellschaft gerathen, Du,
ein Edelmann, der Sohn einer geachteten Familie!
Eine Syrene aus der niedern Volksklasse hat Dich in
ihrer schlau gelegten Schlinge gefangen . . . Edmund, kehre bei Zeiten um, daß Deine Verirrung in
der Aristokratie nicht bekannt werde . . . Du ver=
nichtest Dein eigenes Glück und zerstörst meinen
Plan . . ."

Der Sohn starrte die Mutter an.

„Verstehst Du mich nicht, Edmund? Oder willst
Du mich nicht verstehen?"

„Mein Kopf schmerzt, Mutter!"

„Die gerechte Strafe für Deinen Leichtsinn."

„Nun gönne mir Ruhe!"

Die Nachsicht der Mutter hatte ihr Ende noch
nicht erreicht. Frau von Stein ergriff die Hand ihres
Sohnes, um ihn in das angrenzende Schlafkabinet
zu führen. In der Mitte des Zimmers blieb sie
plötzlich stehen.

„Edmund!" rief sie.

„Was, Mutter?"

Sie zog seine Hand empor und betrachtete die Finger derselben.

‚Ich vermisse Deinen Diamantring . . .'

„Meinen Ring . . . unmöglich!"

„Wo ist der kostbare Ring? Hast Du ihn der schönen Rosa geschenkt? Edmund betrüge mich nicht! Wo ist der Ring, mein theuerstes Familienkleinod? Gestehe es, gestehe es doch!"

„Ich weiß es nicht," antwortete der Sohn.

„Hast Du den Ring verloren?"

„Wenn er fehlt, muß ich ihn verloren haben!"

Diesmal hatte Edmund die Wahrheit gestanden; er erinnerte sich wirklich nicht mehr, daß er das Kleinod in dem Kaffeehause als Pfand zurückgelassen hatte.

Die Mutter hatte den Sohn zu Bett gebracht.

Weinend betrat sie ihr Zimmer.

„Es wird immer ärger!" dachte sie. „Ich muß wirklich zu energischen Maßregeln greifen. Ach, ich habe keine Freude mehr auf dieser Erde . . . der Leichtsinn des Sohnes bereitet mir nur Kummer, vielleicht auch Schande!"

Die bekümmerte Mutter suchte endlich das Bett auf.

Franz von Hoym durchschritt indeß die Straßen; er summte ein Lied vor sich hin und achtete der Kälte nicht, die einen hohen Grad erreicht hatte. In einer engen Gasse blieb er vor einem hohen, schmalen Hause stehen. Er zog einen Schlüssel aus der Tasche, öffnete die Thür, die er wieder sorgfältig hinter sich schloß, stieg zwei finstere Treppen hinan und zog hier an einer Glocke.

Es dauerte lange, ehe die Thür geöffnet ward. Ein junges Mädchen, die brennende Kerze in der Hand, stand an der Schwelle.

„Vater!"

„Ich bin es, Anna."

„Du bist so lange geblieben . . ."

„Geschäfte, mein Kind, Geschäfte!"

„So spät noch in der Nacht?"

„Das verstehst Du nicht; ich muß Tag und Nacht auf meinen Vortheil Bedacht nehmen . . . Schließe sorgfältig die Thür . . ."

„Ist schon geschehen, Vater!"

Anna und ihr Vater befanden sich in einem kleinen ärmlichen Zimmer. Die Wände desselben waren

geschwärzt und die Fenster, deren Glasscheiben eine
dicke Eiskruste bedeckte, ohne Gardinen. Ein Tisch,
zwei Stühle und ein großer Koffer bildeten das Geräth. Der Koffer diente zugleich als Sopha.

Anna hatte die Kerze, die auf einem Blechleuchter
stak, auf den Tisch gesetzt.

„Mich friert,“ flüsterte sie.

Das arme Mädchen hatte sich in ein großkarrir-
tes Umschlagtuch gehüllt, das nur dürftig die spär-
liche Toilette bedeckte. Ein Rock von grauem Fries
umschloß die schlanke Gestalt, die vor Frost zitterte.
Das Nachthäubchen von Kattun bedeckte einen schönen
Kopf. Das bleiche Gesicht, unendlich zart und schön,
sah recht traurig aus.

„Vater, man kann sich in dieser elenden Wohnung
kaum erwärmen.“

„Glaub’ es wohl.“

„Durch die Ritzen der Fenster zieht der Wind...“

„Mag er ziehen.“

„Und da es an Feuerung fehlt . . .“

„Es wird ferner nicht daran fehlen.“

Franz von Hoym hatte seine Geldbörse auf den
Tisch geworfen.

„Da bringe ich Abhilfe!"

„Vater!"

„Die Summe setzt uns in den Stand ein anderes Quartier zu suchen. Ich schäme mich, die schmutzigen Treppen zu betreten und die Hand an diese entsetzlichen Möbel zu legen. Gehe zu Bett, mein Kind; morgen Früh berathen wir. Du hast doch schon geschlafen?"

„Nur wenig, Vater; die Sorge um Dich und die Kälte . . ."

„Gehe zu Bett, gehe zu Bett!"

„Gute Nacht, lieber Vater!"

Anna reichte ihm die Hand. Franz ergriff die Hand und sah das bleiche Mädchen mitleidig an.

„Morgen erhältst Du warme Kleidung!" rief er unwillig. „Ich sorge schon, ich sorge schon! Das Elend werde ich als unnützen Ballast bald über Bord geworfen haben. Du sollst doch noch eine Dame werden, Anna, sollst Deinem Range und Stande gemäß eine Rolle in der Welt spielen. Gehe zu Bett!"

Die Tochter lächelte nicht über diese Glück verheißende Zusicherung, sie schlich in das angrenzende

Kämmerchen und ließ sich hier auf einem Lager nieder, das man mit Namen „Bett" nicht bezeichnen konnte. Es bestand aus Stroh, einigen abgelegten Kleidungs= stücken und einem kleinen Kopfkissen. Das Umschlage= tuch diente als Decke. Es war bitter kalt in dem traurigen Raume, in dem jener eigenthümlich dumpfe Geruch herrschte, der den Wohnungen der Armuth eigen zu sein pflegt.

Franz zählte das gewonnene Geld. Sein Ge= sicht verzog sich zu einem widerwärtigen Grinsen, als er die blanken Silberthaler betrachtete. „So reich bin ich lange nicht gewesen," murmelte er vor sich hin; „da ist mir ein Gimpel entgegengeflogen, dem ich noch weidlich die Federn ausrupfen werde. Frau von Stein . . . wie ist mir denn? Ich werde schon Näheres über sie erfahren . . . mein Aufent= halt in der Residenz ist noch zu kurz, ich muß neue Anknüpfungen machen. Und Sophie . . . Ah, sie besitzt ein blühendes Geschäft! Bah, ich nehme, wo ich finde! Wahrhaftig, das Weib des Blinden ist noch schön . . . doch nun will ich schlafen, ich bin recht müde!"

Er betrachtete einen Winkel des Zimmers neben

dem eisernen Kanonenofen. In diesem lag ein Häuf=
lein Stroh und auf demselben ein alter Reisemantel.

„Das Bett eines deutschen Edelmanns!" mur=
melte er mit Bitterkeit. „Franz von Hohm, der
einst auf Eiderdunen geschlafen, muß sich jetzt auf
Stroh legen. Das Schicksal verfährt hart mit mir;
es bettet mich auf Stroh und entzieht mir die warme
Decke. Diese Kleider darf ich Nachts nicht benutzen;
sie müssen mir bei Tage ein reputirliches Ansehen
geben . . . O, ich habe sie mit großen Opfern er=
rungen! Meine Anna, mein Kind . . . es soll, es
muß besser werden!"

Er begann sich auszukleiden.

Nachdem er die Börse in das Stroh gesteckt,
hüllte er sich in den alten Mantel, löschte die Kerze
aus und warf sich auf das Lager. Der genossene
Wein verfehlte seine Wirkung nicht; Franz von Hohm
versank bald in einen festen Schlaf, den die zuneh=
mende Kälte nicht beeinträchtigte.

# 3.

## Das Kind des Edelmanns.

Die Sonne drang dunkelroth durch den Nebel, der die Residenz einhüllte. Vor dem Fenster des Stübchens flimmerte und blitzte es, feine Schnee- flocken flogen wie Insekten durch die Luft. Aber nur ein mattes Licht drang durch die Scheiben, die mit einer starken weißen Eiskruste überzogen waren.

Anna hatte keinen Spiegel, um Toilette zu ma- chen; sie ordnete das volle kastanienbraune Haar rasch mit den Händen, band die Flechten zu einem losen Kranze und legte ein ärmliches Kleid von schwar- zem Merino an. Ein kleines Tuch von Baumwolle bedeckte ihren reizenden Oberkörper.

Rasch zündete sie das Feuer in dem Ofen an.

Nun weckte sie den Schläfer, der lang ausge- streckt auf dem Stroh lag.

„Vater! Vater!"

„Was gibts?"

„Soll ich das Frühstück bereiten?"

Franz erhob sich, fuhr mit der Hand über die Stirn und starrte die Tochter an.

„Armes Mädchen, bist Du krank?"

„Nein, Vater!"

„Dein bleiches Gesicht gefällt mir nicht; Du mußt krank sein, Anna!"

„Gewiß nicht, lieber Vater. Die Kälte ist groß; wenn ich ein wärmeres Bett erhalte, werde ich Morgens schon anders aussehen. Gib mir Geld, daß ich ein Frühstück bereiten kann."

Der Vater besann sich einige Augenblicke.

„Nein," rief er, „es ist doch kein Traum gewesen! Teufel, es wäre schrecklich, wenn die Wirklichkeit mich betröge!"

Er griff unter das Stroh und holte die gefüllte Börse hervor.

„Nimm diesen Thaler, Anna, kaufe tüchtig ein und bereite ein Frühstück, wie Du es nur immer wünschen magst. Bringe Chokolade, mein Kind; ich weiß, Du trinkst sie gern."

Anna nahm das Geldstück, hüllte sich in ihr Tuch und ging.

Franz stand auf. Seine Morgentoilette war bald gemacht. Er glich in dem Mantel, den er nicht ablegte, einem Fuhrmanne. Nachdem er das Stroh- lager in die Kammer transportirt hatte, ein Geschäft, das kaum eine Minute Zeit in Anspruch nahm, zün- dete er die Morgencigarre an, deren Rauch er mit der Virtuosität eines passionirten Rauchers durch Nase und Mund entließ.

„Wunderliches Schicksal!" murmelte er. „Sophie wohnt in einem schönen Hause, kleidet sich in Seide, verfügt über ansehnliche Summen und bietet mir ein Almosen an . . . ich wohne in einer elenden Stube und kann meiner Tochter nicht einmal die nöthigsten Kleider schaffen, um das arme Kind vor Kälte zu schützen. Jeder ist seines Glückes Schmied, sagt ein wahres Sprichwort, auch ich will es jetzt sein, nachdem ich es so lange verschmäht habe, die Ver- hältnisse zu meinen Gunsten auszubeuten. Frau von Stein und ihr Sohn Edmund . . . Madame Baum . . . ah, ich werde schon reussiren. Zunächst werde ich das Geschäft mit dem Ringe besorgen;

mir bleibt nach Abzug der Spesen noch Geld genug, um für die nächsten Tage die Ausgaben zu decken und meiner Anna Kleider zu kaufen. Es bleibt dabei, mein Plan steht fest. Ich will den Rest des Lebens als Edelmann genießen!"

Anna kam bald zurück. Zitternd vor Frost packte sie die eingekauften Sachen aus. Dann bereitete sie das Frühstück, eine Chokolade, die aus halb zerbrochenen Tassen genossen wurde, das Getränk erwärmte und erquickte die arme Anna, deren feines bleiches Gesicht einen leichten Anflug von Röthe erhielt. Sie war selbst in Lumpen eine reizende Erscheinung. Armuth und Elend hatten zwar längst das Lächeln von ihren Lippen verbannt; aber es lag doch stets eine ruhige Ergebung in ihren Zügen, eine Geduld und Sanftmuth, die zum regsten Mitleiden aufforderten.

„Hast Du die Mutter getroffen, Vater?" fragte sie schüchtern.

Franz nahm die Cigarre aus dem Munde und sah die Tochter scharf an.

„Die Mutter?" fragte er kurz.

„Ich meine nur . . ."

„Du haſt keine Mutter mehr, Du haſt ſie längſt
verloren."

„Sie bleibt doch immer meine Mutter," wagte
Anna ſchüchtern einzuwenden.

„Wie kommſt Du heute zu der Frage?"

Die Tochter ward verlegen.

„Laß doch, Vater! Es iſt wohl natürlich, daß
ich mich nach Auskunft über die Mutter ſehne . . ."

„Vergiß die Frau!" rief Franz heftig. „ Sie
hat ſchlecht an Dir und mir gehandelt. Iſt das
eine Mutter, die Mann und Kind dem Elende preis=
gibt, während ſie ſelbſt im Ueberfluſſe ſchwelgt? Ich
mag Nichts von ihr wiſſen, und wenn ſie mir heute
Erbietungen machte, den früheren Stand der Dinge
zurückzuführen, ich würde dieſe Erbietungen zurück=
weiſen."

„Du ſagteſt doch, daß Du die Mutter aufſuchen
wollteſt."

„Es war dies ein toller Gedanke, deſſen ich mich
jetzt ſchäme. Ich werde mich durch eigene Kraft em=
porſchwingen und will dem bösartigen Weibe Nichts
zu danken haben. Sprich ferner nicht von ihr, es
verſtimmt mich . . . unſere Lage iſt heute nicht ſo

trostlos mehr als gestern . . . sie wird bald eine völlig günstige sein. Mit Hilfe alter guter Freunde kann ich mich wieder emporraffen. Du sollst bald ein seidenes Kleid tragen und einen Pelzmantel, der Dich vor Kälte schützt. Auch werden wir in den nächsten Tagen schon diese elende Wohnung verlassen und in anständigen Zimmern wohnen. Zähle nur auf Deinen Vater, der Dich nicht verläßt.‘‘

Anna schwieg; man sah es ihr wohl an, daß dieser Ausgang des Gesprächs ihr nicht genügte. Um aber den Vater, der heute mehr Zuversicht als je gezeigt, nicht zu reizen, fragte sie nach langer Pause:

„Ist es Dir denn möglich, lieber Vater, mir heute die nöthigsten Kleidungsstücke zu beschaffen?‘‘

„Freilich, mein Kind! Diesen Nachmittag besuchen wir die Läden, in denen Du Deinen Bedarf findest. Die Vormittagsstunden muß ich zu Geschäften benutzen, die ich nicht aufschieben kann.‘‘

Das Frühstück war vollendet. Franz machte Toilette und Anna half ihm dabei.

„Wann kommst Du zurück, Vater?‘‘

„Richte Dich ein, daß wir um ein Uhr speisen können; hier ist noch ein Geldstück. Koche einfach, aber kräftig.‘‘

Franz küßte die Tochter auf die Wange und verließ die Wohnung.

Anna stand sinnend am Fenster.

„Die Mutter wird mir wohl unerreichbar bleiben," dachte sie. „Schon hatte ich Hoffnung, daß der höchste Grad des Elends den Vater zwingen würde, ernstliche Schritte zur Aussöhnung mit der Mutter zu thun, diese Hoffnung aber hat eine plötzliche Wendung der Dinge vernichtet. Wüßte ich nur, wo sie sich aufhält, ich würde ohne Vorwissen des Vaters zu ihr gehen und einen Versuch wagen. Ich habe dazu nicht nur die Verpflichtung, sondern auch das Recht. Ach Gott, die besten Jahre meines Lebens vergehen unter den traurigsten Verhältnissen . . . was habe ich schon ertragen müssen, was wird die Zukunft noch bringen! Wenn ähnliche Dinge geschehen, wie vor kurzer Zeit in B. . . der Vater wählt mitunter nicht lange, um die Mittel zum Leben zu gewinnen . . . es ist herzzerreißend! Soll ich denn dem Treiben ruhig zusehen? Nein, ich werde thun, was in meinen Kräften steht, sobald ich in anständigen Kleidern mich zeigen kann. Ach, die Lumpen, die ich trage, drücken mich schwer darnieder.

5*

So sieht die Tochter eines Edelmanns aus! Und zwischen diesen Wänden wohnt ein Mann, der einst in stolzen Karossen durch die Straßen gefahren ist! Man möchte eine solche Wandlung der Dinge für unmöglich halten! Gott im Himmel, stärke mich mit Muth und Geduld und füge gnädig, daß der Vater den Pfad des Rechts nicht verläßt. Käme die Schande noch zu der Armuth, ich würde die Last des Lebens wahrlich nicht tragen können!"

Sie weinte einige Augenblicke. Dann begab sie sich an die Arbeit. Nachdem sie das Zimmer von den Resten des Strohlagers gesäubert und die Kammer geordnet hatte, traf sie die Vorrichtungen zur Bereitung des Mittagsessens. Eine Küche befand sich bei der Wohnung nicht; Anna mußte also den Kanonenofen als Kochherd benützen. Sie säuberte das elende Blechgeschirr, holte Wasser und machte noch einige Einkäufe.

Franz von Hohn hatte indeß das Kaffeehaus erreicht, in welchem er einen Theil der Nacht mit seinem neuen Freunde verbracht. Er suchte und fand den Kellner, dem die Champagner=Rechnung zu bezahlen war.

„He, Freund, kennen Sie mich noch?"

„Ja, mein Herr."

„Sie haben uns in der verflossenen Nacht eine Gefälligkeit geleistet . . . geben Sie mir den Ring zurück, hier sind zehn Thaler."

Der Kellner, ein ehrlicher Bursche, holte und übergab den Ring, da der Verabredung gemäß Alles in Ordnung war. Franz ging zu dem Juwelier und ließ das Juwel prüfen.

„Wollen Sie den Ring verkaufen?" fragte der Mann von Fach.

„Vielleicht. Was bieten Sie?"

„Sechshundert Thaler."

„Ich komme zurück, wenn der Entschluß zu verkaufen feststeht. Für heute genügt es mir, Ihr Angebot kennen zu lernen."

Franz wußte nun, wie reich er werden konnte, wenn das Geschäft, das er beabsichtigte, gelang. Mit dem Schlage elf Uhr trat er in das Haus der Frau von Stein. Der Portier bezeichnete ihm genau die Wohnung. Er stieg die Treppe hinan und zog die Glocke. Edmund von Stein selbst öffnete die Thür.

„Kennen Sie mich noch?" fragte Franz.

„Ich glaube!"

„Sie sehen, daß ich ein Mann von Wort bin."

„Folgen Sie mir, ich bitte!"

Edmund führte den Gast in sein Zimmer. Der junge Mann sah zwar bleich, sonst aber wohl aus. Er trug einen feinen türkischen Schlafrock, Schnabel=stiefel von gelbem Saffian und rauchte die Morgen=cigarre aus einer großen Bernsteinspitze. Sein schwar=zes Haar war durch den Friseur schon gekräuselt. Franz war höchlich überrascht, den vollendeten Ele=gant vor sich zu sehen; er hatte einen nachläſſig ge=kleideten und verſchlafenen Menschen erwartet, der zu der Claſſe der Liederlichen gehört. Edmund befand ſich in einer ſaubern, geschmackvollen Haustoilette. Er ſah den neuen Freund lächelnd an.

„Was müſſen Sie, da Sie mich nur in der ver=floſſenen Nacht gesehen, von mir denken?" rief er aus.

„Sie haben ein Räuschchen gehabt, das iſt kein Unglück."

„Sagen Sie nur, einen tüchtigen Rausch! Ich weiß nicht Alles mehr, was ich gethan . . . nur

dessen errinnere ich mich, daß ich Ihnen recht gründ=
lich mein Herz ausgeschüttet habe."

„Rosa Baum war der Gegenstand unseres lan=
gen Gesprächs."

Edmund erröthete leicht. Um seine Verrwirrung
zu verbergen, zog er den Freund auf das Sopha.

„Wiederholen Sie mir, was ich Ihnen gesagt habe."

Franz erzählte gewandt Alles, was er wußte;
dann fügte er die Versicherung hinzu, daß seine
Stellung zu der Familie Baum es ihm erlaube,
dem Freunde nützlich zu sein.

„Ich begehe kein Unrecht," schloß er seinen Vor=
trag; „Rosa ist würdig von einem Edelmanne ge=
liebt zu werden und Sie können sich glücklich prei=
sen, der Auserkorne dieses Engels zu sein. Was
bedingt denn vorzüglich das Glück des Lebens? Die
Liebe, diese Allgewalt in der Natur. Suchen Sie
in aristokratischen Kreisen, Sie finden nirgends eine
so vollkommene Schönheit als in dem Magazine der
Madame Baum. Sie sind reich, Sie können dem
Zuge Ihres Herzens folgen, ohne auf äußerliche
Verhältnisse Rücksicht zu nehmen. Das ist ein Glück,
dessen sich nicht jeder Edelmann zu erfreuen hat.

In mir sehen Sie ein Opfer der Konvenienzhei=
raten . . . ich reichte einem edlen Fräulein die Hand,
weil es meine Sippschaft wollte, und bin so un=
glücklich geworden, daß ich es nicht beschreiben kann.
Bah, sprechen wir nicht mehr davon! Ich bin grund=
sätzlich gegen alle Verbindungen, die das Herz nicht
schließt. Zählen Sie fest auf meinen Beistand."

Edmund hatte aufmerksam zugehört.

„Sie bringen Licht in die Verworrenheit, die in
meinem Kopfe herrscht!" rief er aus. „Alles, was
Sie mir gesagt, dämmerte wie eine Ahnung . . .
Als Sie die Glocke zogen, öffnete ich . . . Sie, der
Mann meines wachen Traumes, treten ein . . . be=
siegeln wir jetzt die Freundschaft, die wir beim Glase
angeknüpft. Helfen Sie mir, die Bekanntschaft mit
Rosa vermitteln! In vino veritas . . . ich habe
Ihnen die volle Wahrheit gesagt."

„Haben Sie den Brief geschrieben?"

„Ja! ich hatte zwar wenig Hoffnung, ihn an die
Adresse befördern zu können; aber ich habe ihn ge=
schrieben, weil ich eine heilsame Zerstreuung in dieser
Beschäftigung fand."

„Geben Sie ihn mir."

„Hier ist er."

Edmund holte ein versiegeltes rothes Konvert aus einem Fache seines eleganten Schreibtisches und überreichte es dem Freunde, der es mit den Worten nahm: „Ich selbst bringe Ihnen die Antwort und dafür, daß Sie günstig ausfalle, werde ich nach Kräften sorgen. Diese Angelegenheit wäre abgemacht." Der junge Mann erzählte von dem Verluste, den er erlitten; er beklagte, daß er gerade diesen Ring verloren, der ein werthvolles Familienstück sei und der Mutter am Herzen liege.

„Sie haben den Ring verloren?" fragte Franz von Hohm.

„Es kann nicht anders sein."

„Besinnen Sie sich nur, lieber Freund!"

„Es ist umsonst; ich finde keinen Anhaltspunkt."

„Der Ring wird Ihnen von dem erstarrten Finger gefallen sein . . ."

„Ja, ja!"

„Wie heißt das Wirthshaus, in dem wir uns getroffen?" fragte Franz.

Edmund wußte es nicht; er gestand, daß er schon sehr aufgeregt gewesen, als er dorthin gekommen sei, um sich zu betäuben. Franz gab vor, daß ihn die Kälte in das erwärmte Lokal getrieben habe, von dessen Existenz er bis dahin keine Ahnung gehabt. Er versicherte, daß es ihm unmöglich sein würde, das Kaffee= oder Weinhaus wiederzufinden. Ihm läge auch nichts daran, fügte er hinzu, da er nur Lokale ersten Ranges zu besuchen pflegte.

Edmund von Stein gab plötzlich dem Gespräche eine andere Wendung.

„Die Mutter ist ausgegangen," sagte er lächelnd; „es hat diesen Morgen schon eine heftige Szene ge= geben . . . demnach kann ich Sie heute nicht vor= stellen."

„So verschieben wir es. Die Zeit ist mir für heute karg zugemessen . . . nur um mein Wort zu halten bin ich gekommen . . . Wo sehen wir uns wieder?"

Edmund bezeichnete das vornehmste Kaffeehaus der Residenz, das er allabendlich besuchte.

Franz griff nach dem Hute.

„Ich besorge nun Ihren Brief," sagte er; „kann ich Ihnen diesen Abend nicht Nachricht bringen, so

geschieht es morgen sicher . . . erwarten Sie mich
in dem Kaffeehause."

„Glauben Sie," fragte Edmund verlegen, „daß
Sie Glück haben werden?"

„Ich werde Ihnen ein warmer Fürsprecher sein
und kein Mittel unversucht lassen, das zum Ziele
führt. Die jungen Mädchen haben in der Regel ein
weiches Herz für diejenigen, von denen sie sich geliebt
wissen. Außerdem gibt die schöne Rosa auf meinen
Rath etwas . . . ihre Mutter ist mir befreundet...
Ich bedaure nur, daß Sie in der verflossenen Nacht
den Ring verloren haben . . ."

„O, ich gebe ihn gerne hin, wenn ich in Ihnen
einen Vermittler gefunden . . ."

„Auf Wiedersehen!"

Edmund begleitete den Gast bis zur Thür. Als
Franz das Haus verließ, fuhr eine Equipage vor.
Ein Offizier und eine Dame, beide waren nicht mehr
ganz jung, stiegen aus und betraten eilig die Hausflur.

„Wenn diese Dame," dachte Franz, „Frau von
Stein ist, was anzunehmen ich allen Grund habe,
so bin ich zur passendsten Zeit gegangen. Vor der
Hand liegt mir wenig daran, die Bekanntschaft der

Mutter meines neuen Freundes zu machen. Edmund
ist ein leichtsinniger Patron und ein dummer Teufel;
es wird nicht schwer halten ihn ganz zu umstricken.
Rosa ist ein Köder, wie ich ihn mir nicht verlocken=
der wünschen kann. Das Glück ist mir so günstig, als
ob ich eines seiner bevorzugten Kinder wäre. Und wahr=
lich es wird Zeit, daß ich das Leben in freundlicherer
Gestalt erblicke, denn das Elend hat mich lange genug
heimgesucht. Den Ring betrachte ich zunächst als
mein Eigenthum. Edmund würde ihn früher oder spä=
ter doch einer Schönen geschenkt haben, die seiner
nicht so nothwendig bedarf als ich.‘‘

Er suchte den Laden des Juweliers auf. Der
Kaufmann war mit einer Dame beschäftigt, die unter
prachtvollen Ohrgehängen wählte. Diese Dame trug
einen feinen Atlaspelz und hatte nur an den Juwe=
len auszusetzen, daß sie zu einfach waren. Der Ju=
welier versicherte, seine Waaren seien nach dem neuesten
Geschmacke gearbeitet, der Einfachheit bedinge; die
Steine gäben dem Gehänge großen Werth, den der
Kenner schon herausfinden werde. Die Dame sprach
rasch und stolz, fast übermüthig.

Franz hörte aufmerksam zu, indem er den Inhalt

des Schaufensters betrachtete. Die Stimme kam ihm je bekannter vor, je länger er sie hörte.

„Dieses Ohrgehänge behalte ich!" rief sie. „Nun legen Sie mir Siegelringe für Herren vor.".

Auch von diesen wählte sie den theuersten aus und bezahlte, ohne zu feilschen.

Die Dame ging.

„Beehren Sie mich wieder, gnädige Frau!" rief der Kaufmann ihr nach.

Sie wandte sich noch einmal.

„Senden Sie mir in einer Stunde die Artikel zu!"

„Ganz nach Ihrem Befehle!"

Franz hatte das Gesicht einer Dame von vielleicht vierzig Jahren gesehen, ein schönes, immer noch frisches Gesicht mit braunen lebhaften Augen. Ihre Toilette ließ sich geradezu kokett nennen, denn sie war die eines jungen Mädchens. Die Pelze, die sie trug, waren vom kostbarsten Zobel. Hüpfend sprang sie die beiden Stufen vor der Ladenthür hinab und verschwand.

„Ah, Sie, mein Herr!" rief der Juwelier, der den Kundmann vom Morgen sogleich wiedererkannte.

„Wir haben uns zu dem Verkaufe des Ringes

entschlossen," sagte Franz, an den Ladentisch tretend. „Wenn Sie nur Ihrem Anbote etwas zulegen wollten."

Der Juwelier bedauerte unendlich nicht einen Kreuzer mehr zahlen zu können und rühmte seine Einkaufspreise als die höchsten. Franz übergab den Ring und empfing sechshundert Thaler in guten Banknoten, die er ruhig in die Brusttasche seines Rockes schob.

„Mein Herr," fragte er, „kennen Sie die Dame, die so eben Ihren Laden verließ?"

„Ja!"

„Wer ist sie?"

„Eine Frau von Hoym; sie zählt zu meinen besten Kunden."

Franz kniff die Lippen unter dem vollen Barte zusammen.

„Eine schöne Frau!" murmelte er.

„Und doch hat sie großes Unglück in der Ehe gehabt!" sagte schlau lächelnd der Juwelier, ein Mann in den Fünfziger Jahren, der sich gern mit seinen Kunden unterhielt.

„Wie ist das möglich?"

„Die Fama theilt ▉▉▉ ne Versionen mit. . .

die glaubhafte ist wohl die, daß Herr von Hoym, ein
Roué vom reinsten Wasser, sie betrog, ihr Vermögen
verschwendete und sie schlecht behandelte."

„Der Ungeschickte!" rief Franz bitter lachend.
„Eine schöne und reiche Frau mißhandelt man nicht!
Es sei denn, daß sie dringend Anlaß dazu gibt."

Der Juwelier zuckte mit den Achseln.

„Ich kann nicht sagen, mein Herr, in wieweit
dies der Fall gewesen; nur soviel steht fest, daß die
stets kriegführenden Mächte sich schon vor langer Zeit
getrennt haben und daß Frau von Hoym den Rest
ihres Vermögens in Ruhe verzehrt. Sie hätte sich
wohl schon wieder verheiraten können, da es ihr an
Bewerbern nicht fehlt . . . bei ihrem schönen Ver=
mögen!" fügte der Schwätzer hinzu. „Aber sie ist
ja von dem ersten Manne nicht geschieden, der sich,
Gott weiß wo, aufhält."

„Das ist eine traurige Geschichte!" meinte Franz.
„Die schöne Frau hätte wohl ein besseres Loos ver=
dient."

„Gewiß, die Dame ist zu beklagen; sie kann nicht
einmal über ihre Hand verfügen, der leichtsinnige Ge=
mal fesselt sie immer noch

„Wo ist denn dieser Gemal?"

„Ich weiß es nicht."

„Haben Sie ihn gekannt?"

„Nein; aber den Vater desselben, der im Schuld=
gefängnisse gestorben ist. Ich selbst habe tausend
Thaler durch ihn verloren . . . Die Schwiegertochter
weigert sich, die Schulden des Schwiegervaters zu
bezahlen . . . wer kann es ihr verargen? Mahne ich
Frau von Hoym, so besucht sie meinen Laden nicht
wieder; das Geld ist verloren, die Kundschaft muß
ich mir erhalten."

„Wo wohnt die Dame?"

Der Juwelier bezeichnete Straße und Haus.

„Ah," rief er dann, „Frau von Hoym lebt auf
noblem Fuße!"

Franz grüßte und verließ den Laden.

„Ein verhängnißvoller Tag!" dachte er. „Also
meine Frau lebt in der Residenz! und sie kauft einen
kostbaren Herrensiegelring, während ich mit meiner
Tochter Hunger leide. Das ist eine Malice vom
Schicksal, die mit gleicher Münze bezahlt werden muß."

Er zog das Taschen   und schrieb auf das be=

schmutzte Blatt desselben: „Frau von Hoym wohnt in der R*straße 15."

- „Auch ihr werde ich einen Besuch abstatten!" murmelte er. „O, der Ring kam mir gelegen; ich werde als Elegant vor meiner Frau erscheinen können."

Eine Droschke brachte ihn rasch nach seiner Wohnung. Anna hatte das Mittagsessen vollendet; sie war zufrieden mit der Zubereitung.

„Vater!" rief sie ihm entgegen, „so kostbar als heute, ist unser Diner lange nicht gewesen!"

„Gut, mein Kind, gut! decke den Tisch."

„Decken, Vater? Ach Gott, hätten wir ein Tischtuch!"

„So speisen wir ohne Tischtuch; die Gerichte werden deßhalb nicht schlechter. Tummele Dich, nach Tische kaufen wir ein; ich werde eine Dame aus Dir machen, die den Leuten gefallen soll. Auch werden wir die Nacht in dieser Höhle nicht zubringen, wir schlafen in einem Hotel, wenn es uns nicht gelingt, eine passende Privatwohnung zu finden."

Anna brachte die Suppe. Noch speisten Vater und Tochter als der Besitzer des Hauses eintrat, ein Advokat, der als reicher Grundherr bekannt war. Der

Rechtsgelehrte; ein langer und hagerer Mann mit bleichem Gesichte, sah erstaunt durch den Raum.

„Eine schöne Wirthschaft!" sagte er zu dem ihn begleitenden Hausmeister, einem Schuhmacher, der zugleich für die Vermiethung der Wohnungen sorgte.

„Ich konnte das nicht wissen, Herr Doktor," flüsterte schmerzlich lächelnd der Schuhmacher. „Herr Hohm zahlte auf die Woche voraus und sprach auch von Möbeln, die er wollte hereinschaffen lassen. Nun ist die Zahlung ausgeblieben und.. ich mußte dem Herrn Doktor pflichtschuldigst Anzeige machen . . ."

Der Advokat sah durch seine grüne Brille Vater und Tochter forschend an.

„Sie haben diese Wohnung gemiethet?" fragte er in einem hektischen Basse.

Der Edelmann antwortete ruhig:

„Wenn ich sie nicht gemiethet hätte, könnte ich sie nicht bewohnen."

„Sie haben aber den bedungenen Zins nicht gezahlt."

„Wenigstens für die letzten vierzehn Tage nicht."

„Wo sind Ihre Möbel?"

Franz deutete schweigend auf das armselige Geräth.

Der Hausbesitzer öffnete die Kammer. Entsetzt fuhr er zurück als er einen Blick in das Gemach geworfen hatte.

„Weiter besitzen Sie Nichts?" fragte er mit Depit.

Der Edelmann verlor seine Ruhe nicht.

„Hätte ich mehr, Herr Doktor, so würden Sie es in meiner Wohnung finden. Aber ich bin arm, sehr arm, wie Figura zeigt."

„Demnach hätten Sie eine so theuere Wohnung nicht miethen sollen. Wer über seine Kräfte geht, ist ein Betrüger."

Franz sah den Advokaten mit rollenden Augen an.

„Wie hoch beläuft sich meine Schuld?" fragte er streng.

„Zwei Thaler. Zahlen Sie diese nicht im Augenblicke, so lasse ich Sie auf die Straße setzen."

„Oh, geht das so rasch?"

„Das neue Miethgesetz gibt mir das Recht dazu, Sie haben wöchentliche Kündigung, mein Hausmeister hat Ihnen vor acht Tagen gekündigt . . . erfolgt die Zahlung nicht, so räumen Sie mein Eigenthum."

Der Miethsmann hatte ruhig seinen Platz verlassen.

„Herr Doktor, daß Sie mir ohne Umstände in das Zimmer fallen und mich beim Essen stören will ich Ihnen verzeihen, denn Anstand und Sitte Ihnen beizubringen ist meines Amtes nicht; aber daß Sie arme Menschen bei der bittern Kälte unter Gottes freien Himmel jagen wollen, weil sie Ihnen zwei elende Thaler schulden, das, mein würdiger Herr Rechtsanwalt, ist eine Infamie, die ich nicht mit Schweigen übergehen kann. Belästigen Sie mich weiter nicht; ich will mein Diner vollenden!"

Franz setzte sich an den Tisch zurück und begann zu speisen. Anna, die sich fest in ihr Tuch hüllte, sah ängstlich den zürnenden Hausherrn an.

„Wollen Sie zahlen?" fragte inquisitorisch der Advokat.

Er mußte die Frage wiederholen, dann erst antwortete Franz mit fester Stimme: „Nein!"

„Man hole einen Polizeidiener!"

Der Hausmeister verschwand.

„Sie bemühen sich umsonst!" rief lachend der Miethsmann. „Es bedarf der Gewalt nicht, um mich aus dieser entsetzlichen Wohnung zu vertreiben. Sehen Sie, Herr Advokat, die Zubereitung dieses einfachen Mahles hat meiner armen Tochter Mühe und Zeit gekostet . . . wir wollen es nun auch verzehren. Nach einem Viertelstündchen wandern wir aus . . ."

„Aber ohne den Plunder!"

„Natürlich, lieber Herr! Verkaufen Sie ihn und machen Sie sich bezahlt; ich will Sie nicht betrügen. Nun aber bitte ich mir Ruhe zu gönnen, daß ich mit meiner Tochter speisen kann. Ich lade Sie nicht zu Gaste, Herr Doktor, denn ich nehme an, daß Ihnen Bettelmannskost verächtlich ist. Die zwei Thaler, die Sie von mir eintreiben, decken gerade den Wein zu einer Ihrer Mahlzeiten. Setze Dich, Anna, die Suppe wird kalt. Zerschneide das Fleisch, es scheint nicht übel zu sein."

Der Advokat schleuderte einen Blick des Zornes auf den Miethsmann und verließ rasch das Zimmer.

„Vater," sagte Anna, „warum hast Du den Mann nicht bezahlt?"

„Weil ich sparen will. Ich kenne diesen Menschen, diesen Doktor Georgi; er ist der herzloseste und raffinirteste Betrüger, der unter der Sonne wandelt. Hätte mein Vater einen anderen Rechtsanwalt gehabt, nicht diesen . . . ich würde heute noch in dem Besitze unseres Gutes sein. Es ist kaum glaublich, daß ein so reicher Mensch sich die Mühe nimmt, Wohnungen dieser Art an arme Leute zu vermiethen und in Person den Zins einzutreiben. Mein Kind, jener Schuft, der so eben ging, ist der Besitzer des Gutes, das Dir gebührt von Gott und Rechtswegen! Ich kann ihm nicht beikommen, denn er hat den Betrug mit einer Schlauheit verübt, daß kein Gesetz gegen ihn etwas vermag."

„Er scheint Dich nicht erkannt zu haben," meinte Anna.

„Ist mir recht und lieb. Ich habe den Namen Hoim in das Register geschrieben, das mir vorgelegt ist. Nun bereite Dich zum Auszuge vor. Du brauchst von den Lumpen Nichts mitzunehmen, da ich gesonnen bin, Dir völlig neue Garderobe und Wäsche zu kaufen. Auf diese Weise sind wir der Mühe überhoben, uns dieses Plunders zu entledigen. Der Advokat wird ihn schon unterbringen."

Anna kam mit ihrer Garderobe in große Verlegenheit; hätte sie das große Umschlagtuch nicht gehabt, es würde ihr kaum möglich gewesen sein über die Straße zu gehen.

„Bist Du fertig?" fragte der Vater, der den Rock zugeknöpft und den Hut aufgesetzt hatte.

Die Tochter schlang ein kleines wollenes Tuch um den Kopf.

„Nun bin ich fertig."

Dann nahm sie ein Körbchen und folgte dem Vater die Treppe hinab. Auf der schmalen Hausflur trat ihnen der Hausmeister, dem ein Polizeidiener folgte, entgegen.

„Herr Hoim, wohin?"

„Ausziehen, werther Freund?"

„Wollen Sie nicht bezahlen?"

„Nein; ich lasse dafür mein Mobiliar zurück, wie es der Herr Doktor gefordert hat."

„Aber dieser Mann erhält Gebühren . . ."

„Er mag sich an das Mobiliar halten. Sie sehen, daß ich nicht ein Stück mit mir nehme. Auch habe ich den guten Mann nicht kommen heißen. Mag der Herr Doktor ihn bezahlen. Adieu, meine Herren!"

Franz verließ das Haus.

Auf der Straße hielt er die erste Droschke an,
die ihm begegnete.

„Wohin?" fragte der Kutscher.

„Freund, Sie sind in der Stadt bekannt?"

„Ja, Herr!"

„So fahren Sie uns nach einem Kleidermagazine
für Damen."

„Weiß schon, Herr! Steigen Sie ein."

Vater und Tochter saßen in dem Wagen, der
rasch durch die Straßen fuhr und bald vor einem
Magazine hielt, wie es Franz verlangt hatte. Der
Kutscher mußte warten. Das Glück war den Käu-
fern hold, denn sie fanden in dem nach Pariser Art
eingerichteten Laden Alles, was sie suchten. Eine
schon bejahrte Dame empfing die Käufer.

„Madame," sagte Franz; „hier ist meine Tochter,
die durch ein seltsames Unglück um alle ihre Sachen
gekommen ist. Ich will sie vom Kopfe bis zu den
Füßen neu einkleiden."

„Wir sind im Stande, Ihnen Alles vorzulegen;
selbst Damenstiefel und Schuhe halten wir auf Lager.
Befehlen Sie in Seide?"

„Nein," antwortete die schüchterne Anna, „gute Wollenstoffe genügen vor der Hand."

„Ich bitte, folgen Sie mir in das Toiletten=zimmer."

Anna ging mit der Verkäuferin.

Sie blieb wohl eine Viertelstunde. Dem Vater ward die Zeit lang; er ging in den Hintergrund des Magazins und sah durch ein Glasfenster, dessen grü=nen Vorhang er zurückgeschlagen hatte. Da stand Anna vor einem großen Spiegel und musterte ein dunkelblaues Thibetkleid, das die Modistin so eben ihr angelegt hatte. Das arme Kind erschien wie durch einen Zauberschlag umgewandelt. Eine jugend=liche Hebe, graziös und üppig, stand sie vor dem Trumeau, der ihre ganze Gestalt zurückgab. Das elegante Kleid schloß die reizendsten Formen ein. Der Vater war erstaunt über die Tochter, er hätte sie fast nicht wiedererkannt. Die Modistin änderte noch eini=ges an dem Kleide, das zufällig paßte, dann trat sie zurück und bewunderte das liebliche Kind, das sich erröthend in dem Spiegel betrachtete.

„Darf man eintreten?" fragte Franz.

Die Dame öffnete die Thür.

„Haben Sie die Güte; nun urtheilen Sie! Fräu=
lein Tochter ist so schön gewachsen, daß es leicht ist,
ein passendes Kleid für sie zu finden. Mir ist selten
eine so vollendete Büste vorgekommen."

Sie brachte nun eine Schürze von schwarzer Seide
und schlang die Schnüre derselben um die feine Taille
des Mädchens, das in kindischer Freude die Hände
in die Täschchen schob.

„Vater," fragte Anna leise, „wird die Rechnung
nicht zu groß?"

„Du möchtest auch die Schürze haben? Behalte
sie, ich werde Alles zahlen. Nun, Madam, bringen
Sie einen eleganten Wintermantel!"

Die Dame führte ihre Käufer in ein Zimmer,
wo die elegantesten Mäntel prangten. Anna mußte
einen der besten wählen. Hüte befanden sich in dem
Magazine nicht, Anna kaufte eine Art Capuchon mit
Pelz verbrämt, das ihr Köpfchen gegen die Kälte
schützte. Nun kam die Reihe an die Stiefel. Die
Verkäuferin war erstaunt über das kleine Füßchen der
jungen Dame. Auch dies Geschäft war bald georb-
net. Anna glich nun einer Dame, die sich stets in
feiner Toilette gezeigt hat. Wer sie vor einer Stunde

gesehen, würde nicht geglaubt haben, daß sie dieselbe
sei, die in der traurigen Wohnung des Advokaten am
Ofen das Mittagsmahl bereitet hatte. Franz bezahlte
mit guten Banknoten. Die alten Kleider wurden in
ein Bündel gepackt, das man in die Droschke warf.

„Wohin nun?" fragte der Kutscher, der erstaunt
die verwandelte Anna betrachtete und ihr dienstfertig
in den Wagen steigen half.

„In ein Wäschemagazin!"

Bald standen Vater und Tochter in einem Magazine dieser Art. Anna wählte aus, was nöthig
und Franz sorgte für seinen Bedarf. Dann mußte
der Kutscher zu einem Herrenkleider=Magazine fahren.
Hier kaufte Franz einen neuen Anzug und den un-
entbehrlichen schwarzen Frack. Der Edelmann hatte
nicht Lust mehr eine Wohnung zu suchen, zumal da
der kurze Wintertag dem Abende zu weichen begann;
er gab dem Kutscher Befehl, ein Hotel zweiten Ran=
ges aufzusuchen. Der Wagen hielt vor dem Hotel
„zur Krone." Eine Glocke rief die Domestiken herbei.

„Ein Zimmer mit Schlafkabinet!" befahl Franz,
der sich stellte, als ob er soeben von der Reise käme.
„Zwei Betten für mich und meine Tochter!"

Ein Kellner nahm die Packete aus dem Wagen, die für Reisegepäck gelten konnten. Franz zahlte dem Kutscher einen guten Lohn; der vor Kälte zitternde Bursche dankte und fuhr schnell davon. Der Ober= kellner wies den Fremden ehrerbietig ein schönes Zim= mer mit Schlafkabinet an. Fünf Minuten später murmelte das Feuer in dem Ofen und auf dem Tische standen zwei brennende Kerzen. Ein weicher Teppich bedeckte den Fußboden. Die weich gepolster= ten Möbel waren mit rothem Plüsch überzogen. Dunkle Gardinen verhüllten die Fenster. Der grüne Vor= hang, der halb zurückgeschlagen, gestattete einen Blick in das Schlafkabinet . . . zwei weiße Betten schim= merten in dem Halbdunkel desselben.

„Ah,“ rief Franz, „hier lebt man wieder auf! Diese Wohnung ist menschlich!“

Er warf sich auf das Sopha, zündete eine Zi= garre an und begann zu rauchen. Anna packte die Sachen aus und trug sie in das Schlafkabinet, um sie dort an den Gestellen aufzuhängen. Als sie zu= rückkam, überreichte sie dem Vater einen Schlafrock. Franz legte ihn an. Nun betrachtete er seine reizende Tochter, die das neue Kleid vor dem Spiegel musterte.

Eine Wolke des Mißmuths lagerte sich auf seine Stirn; er dachte an die Mutter Anna's, die, als sie seine Braut war, ihn durch ihren schönen Wuchs entzückt hatte.

„Für heute sei es genug," murmelte er; „ich gehe nicht mehr aus."

Er ließ den Kaffee kommen.

„Bist Du zufrieden, Anna?" fragte er.

„Die Umwandlung unserer Lage kommt mir wie ein Wunder vor. Diesen Mittag noch trug ich sehr ärmliche Kleider, wohnte in einem elenden Zimmer, hatte kein Bett . . ."

„Und vier Stunden später bist Du eine elegante Dame, die sich auf weichen Teppichen bewegt und Nachts in einem warmen Bette ruhen kann."

„Das ist wirklich ein Wunder."

„Aber ein sehr leicht erklärliches."

„Wie, Vater?"

„Durch Geld ist Alles möglich zu machen. Sprechen wir nicht mehr davon. Lege Deine Schüchternheit ab, benimm Dich als eine junge Dame vom Stande, die an ein gutes Leben gewöhnt ist, und

freue Dich Deiner jetzigen Lage. Ich sorge dafür,
daß Du nie wieder in Armuth und Elend geräthst."

„Wenn ich nur die Mutter einmal sehen könnte."

„Anna! Anna!"

„Ich erinnere mich ihrer noch dunkel . . ."

„Du sollst nicht an sie denken!" rief auffahrend
der Vater. „Die Frau verdient nicht, eine Tochter
wie Du bist, zu besitzen. Herzlos und kokett . . .
still, ich mag mich nicht aussprechen! Willst Du mir
die Laune nicht verderben, so erwähne Deiner Mut=
ter nicht. Sie hat uns dem Elende preisgegeben . . .
strafen wir sie mit Verachtung!"

Franz ging in langen Schritten auf und ab, um
seine Erregung zu bekämpfen.

„Sie kauft theure Juwelen," dachte er, „selbst
Siegelringe für Herren . . . ah, ich werde ihr einige
Tropfen Wermuth in den süßen Wein der Freude
mischen! Geduld! Geduld!"

Anna musterte nun ihre Garderobe, die so voll=
ständig war, daß Sie vor der Hand kaum noch einiger
Kleinigkeiten bedurfte. Franz überließ sich der be=
haglichen Ruhe, rauchte und schlürfte Kaffee.

Der Oberkellner brachte das Fremdenbuch.

Der Gast zeichnete sich ein: Franz von Hoym, Rentier, nebst Tochter. Der Kellner, der einen Blick auf das Buch geworfen, verneigte sich tief vor dem Edelmanne, der zugleich Rentier war. Diese Eigen= schaften bewirkten Respekt und Kredit. Franz ver= stand es, den Aristokraten und den Rentier zu spielen.

„Freund, wie steht es mit dem Souper?" fragte er vornehm.

„Der gnädige Herr können auf dem Zimmer oder an der table d'hôte speisen, die um acht Uhr beginnt.

Franz überlegte.

„Table d'hôte," entschied er. „Sorgen Sie für zwei Couverts."

„Zu Befehl, gnädiger Herr!"

Der Oberkellner hatte sich entfernt.

„Es ist zum Lachen!" murmelte der Edelmann.

„Was, lieber Vater?"

„Der Advokat ließ einen Polizeidiener holen, um mich, den lästigen Miether, auf die Straße setzen zu lassen, sprach von Lumpen und Betrug . . . und hier verneigt man sich tief vor dem gnädigen Herrn, weil man Geld bei ihm wittert. Das, mein Kind, ist zum Lachen. O, die erbärmlichen Menschen! Geld, Geld und immer Geld gibt den Ausschlag."

„Wir hätten in unserm Zimmer speisen sollen," meinte Anna.

„Ich bedarf der Zerstreuung, auch ist es nöthig, daß ich mich umsehe . . . ich muß die Leute kennen lernen, die hier verkehren. Außerdem habe ich lange nicht an einer Gasttafel gespeist . . . es bleibt dabei, wir gehen in den Speisesaal. Du, mein Kind, kannst Dich schon zeigen . . . Das neue Kleid steht Dir vortrefflich."

Er betrachtete die Tochter.

„Ah, mir fällt etwas ein."

„Was, Vater?"

„Warte, ich mache einen kurzen Gang."

Franz legte den Oberrock an, nahm den Hut und ging mit der Versicherung, daß er bald zurück= kehren werde. Anna stand vor dem Spiegel.

„Ich kann doch nicht gut wie ich bin in den Speisesaal gehen . . . meiner Toilette fehlt etwas, das ich nicht besitze . . . den Mantel kann ich nicht anlegen . . . ein Kragen oder ein Shawl ist nicht

vorhanden . . . als die Tochter eines Edelmanns
müßte ich doch anders aussehen, zumal wenn ich
von der Reise komme. Der Vater mag gehen, ich
werde im Zimmer bleiben."

Von allen Seiten betrachtete sie sich nun, sie
war ja allein. Mit dem Hochgefühle, das nur ein
junges Mädchen über Putz empfinden kann, legte
sie die Hände an die schlanke elastische Taille und
zog die Seidenschnüre der Schürze fester, um den
Einschnitt über den Hüften deutlicher hervortreten zu
lassen. Dann setzte sie den Fuß auf einen Stuhl
und betrachtete den weichen Sammtstiefel, ein Meisterstück von Feinheit und Eleganz. Das arme Mädchen, dessen Entwicklung zur Jungfrau in eine traurige Zeit gefallen, in die Zeit des höchsten Elends,
hatte sich nie so wohl, nie so glücklich gefühlt. Oft
hatte sie junge Damen beneidet, die geputzt an ihr
vorübergegangen . . . heute schwieg der Neid. Anna
war so reich mit Körperreizen begabt, und sie wußte
dies selbst nicht, daß sie nun ein Gegenstand des Nei-
des werden mußte, wie wir bald sehen werden.

Der Vater kam zurück. Er trug ein Packet
unter dem Arme.

„Anna," sagte er mit freudestrahlenden Mienen, „ich habe noch etwas für Dich gekauft."

„Was, lieber Vater?"

„Dir fehlt noch ein Toilettenstück, dessen Du zum Erscheinen im Speisesaale nothwendig bedarfst. O, ich vergesse Nichts!"

Er hatte das Packet geöffnet. Ein reizender Shawl ward sichtbar, den er entfaltete und auf die schöne Büste der Tochter legte. Die bleichen Wangen des Mädchens färbten sich purpurroth. Thränen erschienen in ihren großen blauen Augen. Wie eine Statue stand sie vor dem lächelnden Vater, der sich an dem stummen Entzücken der Tochter weidete. Sie warf sich ihm an die Brust und umschlang mit den Armen seinen Hals.

„Vater, Du bist überschwänglich gut mit mir!" rief sie schluchzend. „Bringe doch nicht zu große Opfer . . ."

„Beruhige Dich, meine Kasse gestattet sie mir. Nun werde auch ich Toilette machen."

Eine Viertelstunde später stand Franz von Hoym im schwarzen Fracke vor dem Spiegel und ordnete die weiße Wäsche und die schwarze Atlas-Kravatte.

„Fertig!" rief er. „Gehen wir zur Table d'hote."

Die Krone war zwar nur ein Hotel zweiten Ranges und lag nicht in einer der Hauptstraßen der großen Residenzstadt, aber sie erfreute sich doch eines großen Zuspruchs. Der Speisesaal war angefüllt mit Gästen, die eine gute Tafel liebten. Offiziere, Beamte und Kaufleute bildeten die Gesellschaft, die Abends hier zu verkehren pflegte.

Der Speisesaal war mehr gemüthlich als glänzend. In dem angrenzenden großen Zimmer stand ein Billard, das fleißig benutzt ward. Wer das Kartenspiel liebte, fand in einem Nebengemache bereit stehende Tische. Es war für Alles gesorgt, was Unterhaltung gewährte und dem Wirthe Geld eintrug.

# 4.

## Eine neue Bekanntschaft.

Franz von Hoym führte seine Tochter mit dem Anstande eines Kavaliers. Annas Schönheit erregte Aufsehen. Ihr feines, bleiches Gesichtchen hatte einen unbeschreiblichen Ausdruck. Wie eine Dame vom Range trug sie den neuen Shawl, der ihre schlanke Gestalt fast ganz einhüllte.

Der Oberkellner wies höflich den Gästen die Plätze an, die er für sie reservirt hatte. Franz wählte gute Speisen und ließ Wein kommen. Er ward rasch und gut bedient. Mit Genugthuung bemerkte er, daß einige Offiziere, die noch beim Weine saßen, Anna mit jener Achtung beobachteten, die Schönheit und Bescheidenheit den Männern auferlegen. Nur ihre Blicke verriethen Bewunderung, sie äußerten kein lautes Wort, das das Zartgefühl beleidigen konnte.

Annas Befangenheit, die leicht erklärlich, trug dazu bei, das Interesse, das ihre Schönheit erregte, zu erhöhen; sie wagte kaum die Augen aufzuschlagen. Der Shawl lag nachlässig auf der Stuhllehne hinter ihr, so daß die schöne Büste völlig sichtbar war. Der Vater bediente die Tochter mit zärtlicher Fürsorge.

Ein sauber gekleideter alter Herr trat ein. Er sprach einige Worte mit dem Oberkellner, der eine verneinende Bewegung mit dem Kopfe machte. Der Herr, dessen Haar schneeweiß, lächelte und suchte sein Kouvert. Es befand sich dicht neben Franz von Hoym. Vornehm grüßend nahm der Gast Platz, empfing von dem bedienenden Kellner die Speisekarte, wählte lange, ehe er bestellte und ließ eine Flasche Sekt kommen.

Franz beobachtete den Nachbar, der ein reicher Mann sein mußte, da er theuern Wein trank. Sein Gesicht war fast eben so weiß als sein Haar, dessen feine Spitzen sich emporsträubten. Das spitze Kinn und die leicht eingefallenen Wangen waren glatt rasirt. Nase und Stirn hatten keine besondere Bildung; aber das kleine Auge glänzte hell, freundlich und mit einem Anfluge von Verschlagenheit. Die duftenden Speisen betrachtete er wie ein Gourmand,

der den Genuß schon im Voraus verspürt. Dann
legte er die Serviette in die Brustöffnung der weißen
Weste, um die sauber gehaltene Wäsche vor Zufällig=
keiten zu schützen, und begann das Mahl. Jede sei=
ner Bewegungen war ruhig, fast gemessen. Der Wein
schien ihn redselig zu machen.

„Die Kälte ist heute kolossal!" sagte er zu dem
Nachbar.

„Leider!" sagte Franz, dem es gelegen kam, daß
der Fremde ein Gespräch mit ihm anknüpfte.

„Man hat todte Vögel in den Straßen der Stadt
gefunden."

„Erfrorene Vögel?"

„Natürlich! Der Hunger hat die armen Thiere
in die Straßen getrieben . . ."

„Es mag auch wohl Menschen geben, die sich
vor der Kälte nicht schützen können . . ."

„Menschen?" fragte der alte Herr, der das ge=
füllte Glas in der Hand hielt, das er so eben zum
Munde führen wollte.

„Gewiß!" antwortete Franz. „Die Armuth in
unserem Lande ist gar zu groß."

„Ah, Sie sind kein Reisender?"

„Ich bin vom Lande, habe Geschäfte in der Stadt."

„Dann müssen Sie die Zustände kennen!"

„Sie aber, mein Herr, sind fremd?"

„Ja. Ich halte mich meiner Tochter wegen in der Residenz auf . . . bis zum Frühjahre . . ."

„Ah, Sie haben eine Tochter?"

„Der ich eine sorgfältige Erziehung geben lasse. Ein junges Mädchen, das später einmal in die große Welt treten soll, muß mit mancherlei Kenntnissen ausgerüstet sein, muß sich eine gute Bildung erwerben. Meine Frau ist längst todt . . . mir allein liegt nun die Pflicht ob, für meine Pauline zu sorgen. O, die Erziehung eines Kindes ist ein wichtiges Ding, das man mit Ernst behandeln muß."

Eine Dame trat in den Saal, die fest in einen Pelz gehüllt war; ein schwarzer Schleier bedeckte ihr Gesicht. Sie wandte sich an den Oberkellner; dieser deutete auf den speisenden Herrn. Nun legte sie den Pelzmantel und den Hut ab, der schlanke Oberkellner war ihr behilflich.

Eine reizende Gestalt wickelte sich aus dem Pelze;

sie war völlig in schwarzen Atlas gekleidet. Das Gesichtchen, weiß wie Schnee, war ungemein pikant.

„Meine Tochter!" flüsterte lächelnd der Fremde.

Pauline näherte sich ihm und küßte dem Vater die Wange.

„Es ist acht Uhr vorüber, mein Kind!"

„Ich weiß es wohl."

„Du kennst die Stunde meines Soupers . . ."

„Hast wohl gethan, Väterchen, nicht auf mich zu warten; ich sage Dir noch, warum ich nicht pünkt= lich heimkehren konnte . . ."

Pauline saß neben dem Vater, ergriff die Speise= karte, prüfte einige Augenblicke und bestellte.

Franz war erstaunt über die eigenthümliche Schön= heit der jungen Dame; sie war eine französische Schönheit. Ihre kaum mittelgroße Gestalt hatte zarte, und dennoch üppige Formen. Der Teint war weiß und glänzend wie Briefpapier. Lebhafte hellblaue Augen glänzten unter schwarzen Brauen, die wie mit Tusche gemalt an der mattweißen Stirn lagen. Das Haar war von wunderbarer Schönheit; schwarz glänzend und üppig schien es alle Kraft des zarten Körpers in sich aufzunehmen, um zu dieser Vollen=

dung zu gelangen. Ein kleiner Goldkamm war der einzige Schmuck dieses überreichen Haares. Der Hals, auf dem sich das Köpfchen wiegte, war unvergleichlich. Eine schwere Goldkette hing über dem vollen Busen herab, den das Atlaskleid ganz bedeckte.

Pauline mochte neunzehn, höchstens zwanzig Jahre zählen. Ihre fein geformten Lippen zeigten, wenn sie sich öffneten, musterhaft schöne Zähne. Das leiseste Lächeln bewirkte Grübchen in den ovalen Wangen, ein Umstand, der von vielen Leuten, vorzüglich von Dichtern, für besonders reizvoll gehalten wird.

Der Aufwärter brachte die Speisen.

Die Schöne legte die Serviette vor.

Dann zog sie die braunen Handschuhe aus. Ein wahres Kinderhändchen zeigte sich, das reich mit blitzenden Ringen geschmückt war.

„Wohnen Sie in diesem Hotel?" fragte Franz den Vater.

„Ja, mein Herr. Man wird hier gut und billig bedient."

„Deßhalb habe auch ich ein Zimmer in der Krone gemiethet, obgleich sie ein Hotel zweiten Ranges ist."

„Ich bewohne das Zimmer Nummer Eins."

„So sind wir Nachbarn."

„Wir?"

„Mir hat man Nummer Zwei angewiesen."

„Freut mich, mein Herr! Werden Sie lange in der Residenz bleiben?" fragte zutraulich der Fremde.

„Es kommt auf die Abwicklung der Geschäfte an, die meine Reise nöthig gemacht."

Paulinen's Vater hatte sein Glas geleert.

„Ah, Sie haben Geschäfte!"

„Ja!" antwortete Franz, der ruhig sein Glas nahm und trank.

„Glücklicher Mann!"

„Warum nennen Sie mich glücklich?"

„Weil Sie Geschäfte haben."

„Ist das ein Glück?"

„Ohne Frage."

„Es kommt stets auf die Natur der Geschäfte an."

„Geschäft bleibt Geschäft," sagte lächelnd der Alte; „es schützt immer vor der Langweile, dieser gehässigsten Feindin eines reichen Mannes. Mir verrinnt ein Tag wie der andere . . . nicht einmal meine Pauline bereitet mir mitunter ein wenig Aerger oder Verdruß . . . der Abwechslung wegen, meine ich. Das gute Kind macht mir stets Freude."

Franz sah erstaunt den Alten an, der lächelnd das Glas seiner Tochter füllte. Hätte nur das Auge des seltsamen Mannes nicht so schlau geglänzt, der Edelmann würde versucht gewesen sein, ihn für einfältig zu halten. Es lohnte die Mühe, ihn näher kennen zu lernen.

„Ihre Ansichten vom Leben setzen mich in Erstaunen!" rief er lachend.

„Wie so?"

„Haben Sie nie Sorgen gehabt?"

„Nie, nie!"

„Ist Ihnen nie ein theures Glied der Familie entrissen?"

„O ja!"

„Und dies hat Ihnen keinen Kummer gemacht?"

„Nein."

„Wen haben Sie verloren?"

„Die Frau."

„Durch den Tod?"

Der Fremde hatte wieder getrunken.

„Sie ist hin," fuhr er dann fort, „und ich gräme mich nicht darüber. Ich hätte gern ein wenig Gram gehabt, aber es war unmöglich, mir ihn zu verschaffen. Wie dies kam, ich weiß es selbst nicht. An Gefühl fehlt es mir nicht, ich besitze im Gegentheil ein sehr weiches Herz . . . mein Herr, auch Sie sind verheiratet und ohne Zweifel glücklich . . . Sie werden mich nicht verstehen. Wohl Ihnen, wohl Ihnen!" Sie haben eine Frau und haben Geschäfte . . . da kann von Langweile keine Rede sein."

Franz füllte sein Glas und leerte es in einem Zuge.

„Die Langweile," dachte er ironisch lächelnd, „habe ich freilich nicht kennen gelernt, wohl aber so manches Andere, von dem ich wünschte, daß es mir stets fern geblieben wäre."

„Wir sind also Nachbarn?" fragte der Fremde.

„Ja, mein Herr."

„Ich habe die Ehre mich Ihnen als Adam Wedekind vorzustellen, bin Rentier und pflege da zu wohnen, wo es mir gefällt."

Der Edelmann verneigte sich.

„Ah, Herr Adam Wedekind! Auch ich bin Rentier und heiße Franz von Hoym."

„Von?" fragte, das Wort betonend, Herr Wedekind.

„Ja. Kennen Sie meine Familie, oder haben Sie von ihr gehört?"

„Ich erinnere mich nicht, je die Ehre gehabt zu haben. Sie sind Edelmann, ich bin ein schlichter bürgerlicher Mensch, eine von jenen Alltagskreaturen, mit denen der Schöpfer die Welt so reich gesegnet hat . . ."

„Wollen Sie auf den Standesunterschied anspielen, der im Grunde genommen doch nur ein Vorurtheil ist?"

„Sie als Edelmann sprechen von Vorurtheil?"

„Ich nehme den Menschen wie er sich mir gibt; wer wie ich die Welt kennt . . ."

„So haben Sie üble Erfahrungen gemacht?"

„Mehr mit dem Adel als mit dem Bürgerstande. Nach diesen Erfahrungen haben sich meine Grundsätze modifizirt."

„Demnach sind Sie frei von Vorurtheilen."

„Ich kann mich dessen wohl rühmen."

„In diesem Falle gestatten Sie mir, daß ich meine Tochter der Ihrigen vorstelle."

„Mit Vergnügen, mein Herr!"

Die Vorstellung fand statt. Die Männer setzten sich nun so, daß die beiden jungen Damen ihre Plätze neben einander erhielten. Dem Edelmanne war es schon recht, denn Anna konnte aus dem Umgange mit der eleganten Pauline nur Vortheil ziehen. Und Pauline war hoch erfreut, eine neue Bekanntschaft zu machen, sie leitete sofort ein Gespräch ein, das sie in fast kindlicher Unbefangenheit fortführte, während die Väter bei einer neuen Flasche die Vorzüge ihrer Töchter rühmten.

„Meine Anna," sagte Franz, „ist ein schlichtes Naturkind, weil sie wenig mit der großen Welt in Berührung gekommen; jetzt aber halte ich es doch für nothwendig, daß sie auch die Stadt kennen lerne. Sie macht zu meinem Verdrusse wenig Ansprüche und zieht die Einsamkeit dem geräuschvollen Leben vor. Von den Manieren der feinen Welt weiß sie nur wenig . . ."

„Das ist nicht gut, mein Herr; eine junge Dame steht isolirt da, wenn ihr die höhere Auffassung der menschlichen Gesellschaft fehlt; sie muß im Stande sein, sich selbst zu schützen und dies ist nur möglich, wenn sie die Fähigkeiten besitzt, die Leute zu durchschauen, die sich ihr nähern. Ihre Tochter ist schön und Schönheit ist eine gefährliche Eigenschaft ... Auf meine Tochter kann ich mich verlassen; sie ist gepanzert gegen jeden Angriff, da sie feste Grundsätze und eine gute Moral besitzt. Sagt ihr ein junger Fant, sie sei schön und liebenswürdig, so lacht sie darüber, sie nimmt diese Worte als fade Aeußerungen und vergißt sie denselben Tag. Ein unerfahrenes Mädchen läßt sich berücken, glaubt und wird am Ende betrogen."

„Wenn nun Ihre Tochter wahrhaft liebt?"

„Ah, das ist ein Anderes!"

„Wenn ein aufrichtiger Liebhaber kommt?"

„So mag er kommen. Ich lege dem Herzen meiner Tochter keinen Zwang an. Aber das ist es eben, daß sie die Aufrichtigkeit der Gesinnungen beurtheilen lernt."

„Der Vater ist noch da ..."

„Der Vater kann auch sterben, er ist mancherlei Eventualitäten unterworfen."

„Sie haben Recht! Es ist stets gut, daß ein junges Mädchen sich selbstständig bewegen lerne."

Die Theorien des Herrn Adam Wedekind waren vortrefflich, sie gefielen dem Edelmanne. Beide sprachen noch eine Zeit lang darüber; Paulinen's Vater mit so großem Eifer, daß man hätte glauben mögen, er sei Pädagog. Doch bald änderte er das Gespräch.

„Spielen Sie?" fragte er lächelnd.

„Was?"

„Nun Karte."

„Selten, höchst selten!" antwortete Franz gleichgiltig.

„Verschmähen Sie heute eine Partie?"

„Leiste ich Ihnen eine Gefälligkeit, so erkläre ich mich bereit . . ."

„Gut, gut. Ich spiele nur, um mich ein wenig anzuregen. Ein Rentier darf schon etwas wagen. Auch ist es eine angenehme Beschäftigung im warmen Zimmer, während in den Straßen die Vögel erfrieren."

Man ließ Karten kommen, einigte sich über das Spiel und den Einsatz, der nicht gering ausfiel, und begann sofort an der Tafel, die von dem größten

Theile der Gäste bereits verlassen war. Wir wissen, daß Franz mit großer Geschicklichkeit spielte; hier aber hatte er einen ebenbürtigen Meister gefunden. Adam blickte oft verwundert seinen neuen Freund an.

„Ich selbst muß über mich staunen," sagte Franz; „das Glück verfolgt mich mit seltener Hartnäckigkeit."

„Sollte es nur Glück sein?"

„Nichts weiter, Ihnen gegenüber, Herr Wedekind, denn Sie spielen sehr fein."

„Ah," rief dieser, „die Unterhaltung ist vortrefflich! Verdoppeln wir die Einsätze, daß auch eine kleine Erregung dazu komme. Das Geld spielt bei einem Rentier keine Rolle."

Franz willigte ein; er hatte eine Gelegenheit gefunden zu verdienen.

Wenden wir uns zu den beiden Mädchen, die ruhig mit einander plauderten.

Pauline benahm sich so liebenswürdig, daß Anna bald ihre Schüchternheit verlor und auf die angeknüpfte Unterhaltung bereitwillig einging.

„Haben Sie das Theater schon besucht?" fragte Fräulein Wedekind.

„Nein!"

„Gestern hörte ich eine Oper . . . ach, es ist doch reizend! Bitten Sie Ihren Vater, daß er Ihnen Erlaubniß gebe, morgen mit mir das Hoftheater zu besuchen, wir haben eine Loge."

„Er wird mir diese Erlaubniß gern gewähren, zumal da ich noch kein Theater gesehen habe."

„Wie, Sie haben noch kein Theater gesehen?"

„Nein!" antwortete Anna treuherzig.

„Wie ist denn das möglich?" fragte erstaunt die elegante Dame.

„Wir haben stets auf dem Lande gelebt, es bot sich keine Gelegenheit und der Vater ist kein Freund . . . aber ich möchte das Theater, von dem ich zuweilen gelesen, wohl einmal sehen."

„Dieser Wunsch, ist leicht zu befriedigen; Sie begleiten mich in unsere Loge. Das rege und bunte Leben in der Residenz muß für eine junge Dame, die stets auf dem Lande gewesen, von besonderem Interesse sein. Ich erinnere mich des Eindrucks noch, den die erste Oper auf mich machte. Mir war, als ob sich eine neue Welt eröffnete, als ob ich von der Erde in ein Paradies versetzt sei. Ich sah und hörte

Oberon. Die Nacht nach dem Theaterabende war eine köstliche. Sobald ich die Augen geschlossen hatte, zog die ganze Oper noch einmal im Traume an mir vorüber. Ich befand mich unter den Feen auf der Bühne, selbst eine Fee ... Ich saß im Harem auf kostbarer Ottomane, hörte den lieblichen Gesang der Odalisken und ging spazieren durch die herrlichsten Gärten des Morgenlandes. Zu meinem großen Verdrusse erwachte ich und die Morgensonne verscheuchte die schönen Gestalten des Traumes. Ach, ich beneide Sie um das Glück, die erste Oper zu hören. Später betrachtet man die Sache mit andern Augen ... aber das Vergnügen bleibt doch dasselbe. Ich könnte nicht mehr ohne Theater leben. Singen Sie, Fräulein?"

„Nein!"

„Spielen Sie Klavier?"

„Ich habe es in der frühesten Jugend angefangen ..."

„Und warum haben Sie es nicht fortgesetzt?"

„Mancherlei hielt mich davon ab. Vater sagte daß ich Alles nachholen könne."

Pauline rief den Kellner und bestellte Thee.

8*

„Zwei Tassen!" befahl sie. „Ich muß jeden Abend Thee trinken," fügte sie hinzu. „Es ist dies eine Gewohnheit, die ich in England angenommen habe."

Anna fragte erstaunt:

„Sind Sie denn in England gewesen?"

„Wir haben in London gelebt, daß ich die englische Sprache erlerne . . . auch Paris habe ich kennen gelernt. Der gute Vater hat an einem Orte nicht lange Ruhe, er liebt die Abwechslung . . . und da muß ich ihn natürlich begleiten. Den Winter werden wir in der Residenz bleiben . . . ich freue mich herzlich, Ihre Bekanntschaft gemacht zu haben. Ah, der Thee kommt . . . Bitte, trinken Sie eine Tasse mit mir!"

Pauline bediente wie eine gewandte Hausfrau. Anna trank aus einer vergoldeten Tasse, sie, die um Mittag noch in Lumpen gekleidet gewesen!

„Lebt Ihre Mutter noch?" fragte Pauline, um das Gespräch fortzusetzen.

Diese Frage verwirrte das arme Mädchen.

Ich habe keine Mutter mehr!" flüsterte es, die Augen auf die Tasse gerichtet, die es in der Hand hielt.

„So sind wir im gleichen Falle; ich habe die Mutter nicht mehr gekannt. Dafür hatte ich aber den besten, den zärtlichsten Vater . . . Gott möge ihn mir noch lange erhalten."

In diesem Augenblicke rief Herr Adam:

„O, wie bedauere ich, daß das Glück Sie verlassen hat, lieber Herr! Mir fallen die Karten zu, als ob ich sie mir gewählt hätte."

„Dies ist das letzte Spiel!" murmelte Franz. „Sie sind ein Glückskind!"

„Wie Sie es Anfangs gewesen sind. Denken Sie an den Spruch: Frauen und Glück sind unbeständig. Sie werden in der nächsten Viertelstunde gewinnen."

„Wenn auch nicht in der nächsten Viertelstunde, so doch morgen Abend."

Man spielte die Partie zu Ende.

„Fordern Sie nicht Revanche?" fragte Herr Adam.

„O ja!"

„Ich bin bereit, Herr von Hoym."

„Heute nicht, aber morgen. Meine Abspannung ist zu groß, gönnen Sie mir Ruhe."

Adam legte die Banknoten ruhig in sein Portefeuille, steckte das Silbergeld in eine lange seidene

Börse und wandte sich lächelnd zu den beiden Mädchen, die ihre Unterhaltung abgebrochen hatten. Anna
betrachtete den Vater; er sah bleich aus und kniff die
Lippen zusammen. Dann trank er hastig ein Glas
Champagner. Nun belebten sich seine starren Züge;
er befahl noch eine Flasche Champagner, die sofort
gebracht wurde.

„Trinken Sie mit mir, Herr Wedekind!"

„Es wird mir eine große Ehre sein."

Er war ganz wieder Gentlemann. Der Wein
regte ihn auf, er vergaß den Verlust. Wer ihn nicht
näher kannte mußte glauben, der Edelmann sei der
Rentier, der ein Stündchen angenehmer Unterhaltung
mit Hunderten bezahlte. Und Adam stellte sich als
ob der Gewinn ihn durchaus nicht berühre; er trank
von dem schäumenden Weine, plauderte väterlich und
vornehm mit den beiden Mädchen und schickte sich
endlich an sein Zimmer aufzusuchen. Pauline hüllte
sich in den kostbaren Pelzmantel und reichte der Freundin herzlich die Hand.

„Gute Nacht denn!"

„Gute Nacht!" wiederholte die schüchterne Anna.

„Sehen wir uns morgen wieder?".

„Ich hoffe es.“

„Vergessen Sie das Theater nicht! Sprechen Sie mit dem Vater!“

Der Oberkellner hatte Herrn Wedekind in einen Pelz gehüllt. Der kleine schmächtige Herr nahm Abschied von dem Edelmanne.

„Morgen Abend,“ wispelte er.

„Gewiß, mein Herr; ich liebe das Spiel mit Ihnen . . .“

„Bitte, Herr von Hoym . . . ich bereite gern Unterhaltung und Vergnügen. Wenn Sie es erlauben, macht Pauline dem Fräulein von Hoym morgen einen Besuch.“

„Als Nachbarn . . . ich bitte darum . . . es wird mir lieb sein!“

„Deinen Arm, Pauline.“

„Hier ist er, lieber Vater.“

„Also auf Wiedersehen morgen Früh, lieber Herr Nachbar!“

Das Paar verließ den Saal.

„Freilich müssen wir uns wiedersehen!“ murmelte Franz. „Das gewonnene Geld, Herr Adam Wedekind, habe ich nur geliehen, Sie müssen es mir mit schweren Zinsen zurückzahlen. Ich bin der Mann nicht, der eine so große Summe verschenken kann. Bah, den Vogel lasse ich mir nicht entfliegen! Morgen werden wir mit den Karten spielen, die ich präparirt habe."

Er rauchte und leerte die Flasche.

„Sagt Dir jene Pauline zu?" fragte er die Tochter, die still auf ihrem Platze saß.

„O ja, Vater!"

„Gut, so beschäftige Dich mit ihr."

„Ich fürchte nur, daß Pauline zu vornehm und zu reich für mich ist."

„Das wird sich zeigen! Du bist nicht arm, mein Kind, Du bist die Tochter eines Edelmanns!"

Er sagte diese Worte kühn und stolz.

Die Flasche war leer. Franz reichte seiner Tochter den Shawl, nahm ihren Arm und ging mit ihr nach dem Zimmer zurück. Ein Kellner leuchtete voran.

„Befehlen die Herrschaften noch etwas?" fragte der Dienstfertige.

„Morgen Früh acht Uhr den Kaffee."

Vater und Tochter waren allein.

„Du haſt im Spiel verloren, Vater?"

„Nein, nein!"

„O, ich habe es wohl geſehen!"

„Beruhige Dich, morgen Abend erhalte ich das Doppelte zurück. Ich weiß, was ich thue. Mein Stand erfordert, daß ich nobeln Zerſtreuungen nicht ausweiche. Nun gehe zu Bett."

Anna zog ſich in das Schlafgemach zurück. Franz zählte ſein Geld, lächelte mit jener Bitterkeit, die wir an ihm kennen und ſuchte dann das Bett auf. Anna verſank in einen tiefen Schlaf, ſie hatte lange, lange eine ſo weiche und warme Lagerſtatt nicht gehabt. Gekräftigt an Geiſt und Körper machte ſie am folgenden Morgen Toilette, während der Vater noch der Ruhe pflegte.

„Ah," dachte ſie, „Pauline iſt glänzender aus= geſtattet als ich; ſie hat eine Menge Kleinigkeiten, die mir noch fehlen. Doch, ich will zufrieden ſein mit dem, was mir der Vater beſchaffen kann. Ach, wenn nur das Glück uns nicht plötzlich den Rücken wen= det! Es iſt ſchon lange her, aber ich erinnere mich deſſen noch genau . . . wir lebten auch in guten Verhältniſſen, ich trug ſchöne Kleider und beſuchte

ein Erziehungs=Institut, in dem Alles gelehrt ward,
was eine Dame vom Stande wissen mußte . . .
Mit einem Schlage änderte sich diese glückliche Lage,
der Vater reiste in der Nacht mit mir ab und nun
begann das elende Leben, das wir bis gestern Mit=
tag geführt haben. Ach, wüßte ich nur, was es
mit dem armen Vater wäre! Die Mutter soll eine
reiche und schöne Dame sein; warum kümmert sie
sich um mich nicht? Warum wird der Vater böse,
wenn ich die Absicht ausspreche, den Aufenthaltsort
der Mutter zu erforschen und sie um Hilfe zu bitten?
Ein trauriges Geheimniß muß diesem Verhältnisse
zum Grunde liegen. Ach, vielleicht erfahre ich es noch,
aber dann soll mich Nichts hindern . . ."

„Anna!" rief der Vater in dem Schlafkabinette.

„Ich bin schon angekleidet, lieber Vater. Ach,
wie schön ist es in diesem Zimmer! Draußen muß
es entsetzlich kalt sein . . . hier ist es warm wie im
Sommer. Und die prachtvollen Möbel, die weichen
Decken . . . mir ist als ob ich im Himmel wäre.
Auch ist der Kaffee schon da, ich habe ihn auf den
Ofen gesetzt."

Franz, in seinen neuen Schlafrock gehüllt, trat

aus der Kammer. Er gähnte, rieb sich die Augen und sah um sich. Dann murmelte er leise einige Worte in den Bart, die der Tochter unverständ-
lich blieben.

„Du siehst gut aus, Anna!" fügte er laut hinzu.
„Die bequeme Nachtruhe hat Dir wohl gethan."

Beim Frühstücke gab er dem reizenden Mädchen
gute Lehren; er verlangte zunächst, daß Anna aus
dem Umgange mit Paulinen Nutzen ziehen und sich
ihre vornehmen Manieren anzueignen suchen solle.
Dann möge sie ihr die kleinen Toilettenkünste ab-
lauschen, die eine Dame vom Stande wissen müsse.
Auf die Frage der Tochter, was sie angeben solle,
wenn Pauline in vertraulichem Gespräche nach ihrer
Vergangenheit fragte, antwortete der Vater: „Du
sagst, Deine Mutter sei todt, und sie ist es ja auch
für Dich . . . sonst sprichst Du von einem Land-
gute, auf dem Du gelebt und weichst andern Fragen
aus. Es ist unnütz, daß fremde Leute unsere Verhältnisse kennen lernen. Aber merke Dir genau Alles, was Pauline Dir mittheilt, es ist für mich von
Interesse. Nach dem Frühstücke gehe ich aus; besucht Dich Pauline, so empfange sie; aber sei nicht

schüchtern, sprich mit Selbstbewußtsein und denke da=
ran, daß Du höher stehst als jene . . . Du bist ein
adeliges Fräulein."

Zehn Uhr war vorüber, als Franz sich zum
Ausgehen gerüstet hatte. Er zog über den schwarzen
Frack den schweren Winterrock. Der Edelmann sah
recht stattlich aus. In der Jugend mußte es ein
schöner Mann gewesen sein. Jetzt freilich trug sein
Gesicht den Stempel des Jammers, den er lange
hatte ertragen müssen. In dem Augenblicke, als er
von der Tochter Abschied nehmen wollte, ward an
die Thür geklopft.

„Herein!" rief Franz.

Ein Kellner trat ein.

„Fräulein Wedekind läßt fragen, ob sie einen
Besuch abstatten dürfe?"

„Die Dame ist willkommen!"

„Guten Morgen!" rief die wohlklingende Stimme
Paulinen's.

Und die junge Dame, heute in braune Seide ge=
kleidet rauschte über die Schwelle. Lächelnd reichte
sie der neuen Freundin beide Hände, die mit blaß=
gelben Handschuhen bekleidet waren. Sie trug keinen

Hut, so daß sich ihr prachtvolles Haar erkennen ließ. Ein feiner türkischer Shawl lag nachlässig über der vollendet schönen Büste.

„Sie haben gewiß gut geschlafen, liebes Fräulein? Ich lese es in Ihren klaren, glänzenden Blicken. Die Begierde Sie zu sehen und mein Wort zu halten treibt mich schon so früh . . . falle ich lästig, so sagen Sie es mir ohne Zwang . . .“

„Bleiben Sie,“ rief Franz; „aber mich entschuldigen Sie, Mademoiselle . . . ich muß meinen Geschäften nachgehen.“

Franz von Hohm küßte seine Tochter auf die Stirn, grüßte Mademoiselle Wedekind durch eine Verbeugung und entfernte sich. Anna führte den Besuch zu dem Sopha.

# 5.

## Die Geschiedenen.

Franz nahm einen Fiaker und ließ sich nach der N.=
straße Nummer fünfzehn fahren. Der Wagen hielt
vor einem großen Hause, das auf beiden Seiten von
Gärten begrenzt ward. Eisengitter trennten die Gär=
ten von der breiten Straße, deren Trottoir von dem
Schnee gesäubert waren.

„Soll ich warten?" fragte der Kutscher.

„Ja. Es ist möglich, daß ich eine Stunde
bleibe . . . Warten Sie auf jeden Fall."

Der Kutscher warf eine Decke auf sein Pferd,
hüllte sich in den großen Mantel und setzte sich in
den offenen Schlag des Wagens, um vor dem schnei=
denden Ostwinde gesichert zu sein.

Eine Thurmuhr zeigte die elfte Stunde an, als
Franz von Hoym die große Flur des Hauses betrat.

Das Oeffnen der Thür hatte eine Glocke in Bewegung gesetzt. Auf dieses Zeichen erschien sofort ein
Diener.

„Wohnt Frau von Hoym hier?"

„Ihnen zu dienen."

„Ist sie zu sprechen?"

„Soeben hat die gnädige Frau das Boudoir
verlassen."

„Ist Besuch bei ihr?"

„Nein, mein Herr."

„So melden Sie einen Fremden, der die gnädige
Frau in Familienangelegenheiten zu sprechen wünscht!"

„Der Diener ließ den Fremden in ein erwärmtes
Vorzimmer treten, das nach Art der reichen Leute
eingerichtet war. Man hatte hier schon den Vorge-
schmack von der Einrichtung des Salons. Während
der Diener die Meldung besorgte, legte Franz, der
nicht daran zweifelte, daß er vorgelassen würde, Hut
und Oberrock ab; dann trat er vor den großen Spiegel und ordnete das Haar und die Kravatte. Er
war zufrieden mit dem Anzuge, es bewies dies sein
stolzes Lächeln als er zurücktrat.

Der Diener erschien wieder.

„Frau von Hoym läßt um Ihre Karte bitten, mein Herr."

Franz deutete auf die Thür.

„Ist die gnädige Frau in diesem Zimmer?" fragte er stolz.

„Ja, mein Herr."

„So werde ich selbst ihr mich nennen. Es bedarf der Karte nicht."

„Aber ich habe Auftrag . . ."

„Verlassen Sie sich auf mich, mein Freund, ich werde Ihren Diensteifer zu rühmen wissen, daß Ihnen durchaus keine Unannehmlichkeiten erwachsen."

Franz streckte die Hand aus, trat in den Saal und schloß die Thür hinter sich. Die Sicherheit des Mannes imponirte dem Diener, der ruhig seinen Geschäften nachging.

Frau von Hoym, dieselbe Dame, die wir in dem Juwelierladen gesehen haben, stand erwartungsvoll in der Mitte des prachtvollen Salons, durch dessen hohe mit Seidengardinen geschmückte Fenster die Morgensonne schien. Sie war reizend geschmückt. Die Koiffüre hatte eine Meisterhand hergestellt. In ihrem braunen Haare zeigte sich noch kein Silber=

faden, obgleich sie schon vierzig Jahre zählen mochte. Ihr Gesicht war ein wenig bleich und voll, aber immer noch schön. Die Formen ihres Körpers konnte man geradezu üppig nennen. Die äußerst sorgfältige Toilette verrieth, daß die Dame sich ihrer Schönheit wohl bewußt war. Reiches Geschmeide schmückte den weißen runden Hals, den kein Flor verhüllte. Ihre dunklen Augen ruhten forschend auf dem Fremden, der sich auf so seltsame Art angekündigt hatte und gegen alle Decenz ohne Abgabe seiner Karte eingetreten war.

Franz hatte seine Frau schon gesehen, er staunte nicht mehr darüber, daß sie sich wohl erhalten, daß sie immer noch eine Art Schönheit war. Nachdem er sich verneigt hatte, sagte er ruhig:

„Verzeihung, gnädige Frau, daß ich Ihrem Diener meine Karte verweigerte; es ist dies eine Vorsicht, die ich in Ihrem Interesse anwende . . .“

„In meinem Interesse?“

„Gewiß!“

„Sie wollten mit mir in Familienangelegenheiten sprechen . . . Wer sind Sie?“

„Franz von Hoym hat die Ehre, sich selbst Ihnen zu nennen.“

Ein heftiger Schrecken schien die Dame zu durch=
zucken; sie preßte die Hände auf den vollen Busen
und starrte den Gemal an, der sich an der Wirkung,
die sein Erscheinen ausübte, weidete. Aber schon nach
einigen Augenblicken hatte Frau von Hoym ihre Fassung
wiedererlangt, wenigstens mußte man dies aus der
Freundlichkeit schließen, mit der sie sagte: „Sie haben
allerdings Veranlassung in Familienangelegenheiten mit
mir zu sprechen. Ich nehme an, daß Ihnen meine
Aufforderung zu Gesicht gekommen ist . . .‟

„Was für eine Aufforderung?‟

„Die mein Rechtsanwalt durch die Zeitungen an
Sie erlassen hat.‟

„Ich habe weder davon gesehen noch gehört . . .‟

„So kommen Sie aus freiem Antriebe?‟

„Nicht so ganz; Verhältnisse eigener Art veran=
lassen mich . . . Doch, da Sie mich aufgefordert
haben, so sagen Sie mir zunächst, zu welchem Zwecke
die Aufforderung erlassen ist.‟

„Es wäre dies eigentlich die Aufgabe meines
Rechtsanwalts, dem ich in der Angelegenheit Voll=
macht ertheilt habe . . .‟

„Wer ist Ihr Rechtsanwalt?‟

„Der Doktor Georgi . . ."

„Ah, Sie haben einen scharfsinnigen Kopf ge=
wählt, einen braven Charakter. Der Mann ist be=
rühmt in Lösung schwieriger Rechtsfälle . . . Und
an diesen verweisen Sie mich?"

„Wenn unsere heutige Verhandlung ohne Resultat
bleibt, bin ich leider dazu gezwungen. Vielleicht hat Sie
ein guter Stern mir zugeführt und wir erreichen auf fried=
lichem Wege, was unter allen Umständen erreicht wer=
den muß. Nehmen Sie Platz und hören Sie mich an."

Frau von Hoym, die dem Gemale gegenübersaß,
war doch ein wenig blaß geworden und ihre Stimme
verrieth die Bewegung, die sich ihrer bemächtigt.

„Sie wissen," begann sie, „daß wir uns frei=
willig trennten, als sich nach einer achtjährigen Ehe
herausgestellt, daß die Verschiedenheit unserer Charaktere
ein friedliches Zusammenleben unmöglich machten.
Der Kürze wegen übergehe ich die letzte Zeit unserer
Ehe, auch will ich nicht zu Gericht sitzen über die
streitenden Parteien. . ."

„Sie haben Recht, Frau von Hoym, denn Dinge, die
mir bekannt sind, können füglich unerwähnt bleiben."

Die Dame legte nachlässig ihren vollen Arm auf

9*

den Toilettentisch, der ihr zur Seite stand und fuhr
fort:

„Um den ärgerlichen Auftritten im Hause ein
Ende zu machen, zahlte ich Ihnen unter der Beding=
ung eine Jahresrente, daß Sie fern von mir Ihr
gewohntes Leben fortsetzten. Sie dagegen stellten die
Bedingung, daß unsere Tochter Anna bei Ihnen
bliebe."

„Ganz recht, gnädige Frau! Es war dies ebenso
gut ein Kontrakt, als der war, den wir vor unserer
Trauung abschlossen."

Frau von Hoym lächelte bitter, indem sie sagte:

„Ich mache keine Einwendungen, wenn Sie unsere
Heirat einen Kontrakt nennen, den zwei Familien
bezüglich ihrer Kinder abschließen. Nur die Bemerkung
möchte ich mir erlauben: Die Lösung dieses Kontrak=
tes lag mir so am Herzen, daß ich mich selbst von
meiner Tochter trennte, weil Sie dies als unerläßliche
Bedingung aufstellten."

Franz verneigte sich.

„Ich nehme diese Schmeichelei ohne Groll an, da
sie die Stellung bezeichnet, die Sie mir gegenüber
einzunehmen für gut befinden."

„Haben Sie auf eine Aenderung meiner Ansichten gehofft?"

„Nein, nein! Fahren Sie fort, ich bitte."

Der Gemal machte eine langsame Bewegung mit
der Hand, dann legte er den Arm auf die Lehne
seines Fauteuils und blieb ruhig.

„Sie gingen auf Reisen, mein Herr, und ich
schickte Ihnen die bedungenen Gelder nach den Or-
ten, die Sie mir bezeichneten. Die Ruhe, die ich nun
genoß, war nicht zu theuer bezahlt; leider sollte ich
mich ihrer nicht lange erfreuen. Es mochten drei
Jahre verflossen sein, da ließ sich eines Tages ein
Weib bei mir anmelden, das sich angelegentlichst nach
Herrn von Hohm erkundigte. Ich konnte der Lästigen nicht ausweichen; sie gestand mir ohne Hehl,
daß sie einen Sohn meines Gemals erziehe, dessen
Mutter eine bildschöne Näherin sei. Die Mutter,
die in den traurigsten Verhältnissen gelebt, sei spurlos verschwunden und da nun über die Zukunft des
Knaben entschieden werden müsse, sei die Erzieherin
gezwungen, sich an den Vater zu wenden."

Frau von Hohm schwieg und sah mit forschen-
den Blicken den Gemal an.

„Das war eine Kühnheit von dem Weibe!" sagte dieser ruhig. „Sie wird indeß auf Sie, gnädige Frau, nur einen geringen Eindruck gemacht haben, da Ihnen das Vorleben des geschiedenen Gatten gleichgiltig sein konnte. Was haben Sie dem Weibe geantwortet?"

„Ich habe ihm einfach Ihre Adresse gegeben."

„Wie nannte sich die angebliche Erzieherin?"

„Frau Wedekind . . ."

„Frau Wedekind?" wiederholte Franz.

„Ihr Name steht in meinem Notizbuche."

„Und dann?"

„Ich habe das Weib nicht wieder gesehen; aber das Register Ihrer Frevelthaten, mein Herr, hatte sich um eine gemehrt. Trotzdem war ich, meiner Tochter wegen, zu einer Aussöhnung geneigt . . ."

„Warum haben Sie sich mir nicht eröffnet?"

„Warum?" wiederholte die Dame.

„So fragte ich."

„Weil man mir gewisse falsche Wechsel vorlegte, Wechsel, die meine Unterschrift hatten und von dem getrennten Gemale ausgegeben waren."

Franz strich mit der Hand durch den Bart, indem er einige Worte vor sich hinmurmelte.

„Fahren Sie fort!" bat er mit ironischer Höf-
lichkeit. „Ich bitte . . ."

„Um den Namen, den ich noch trage, nicht mit
Schimpf und Schande zu bedecken, löste ich schweigend die falschen Wechsel ein, beschloß aber, daß
mein Vermögen nicht auf unwürdige Weise vergeu-
det würde, mit dem verschwenderischen Gemale völlig zu brechen. Ich verlangte mein Kind zurück; er
verweigerte es mir. Da entzog ich ihm die Rente...
auch das fruchtete nicht. Herr von Hoym war verschwunden; meine Briefe kommen als unbestellbar zurück. Ich sandte meinen Rechtsanwalt nach der
Stadt, in welcher Herr v. Hoym gelebt hatte . . .
er brachte die Nachricht, daß der Gemal spurlos verschwunden sei und eine Last von Schulden, theils
sehr schmutzige Schulden, hinterlassen habe. Die an-
gestellten Nachforschungen, jahrelang fortgesetzt, blieben ohne Erfolg. Heute erscheinen Sie plötzlich..."

„Um die Wünsche der gnädigen Frau zu erfahren."

„Ich kann Ihren Namen nicht länger tragen,
mein Herr!"

„So legen Sie ihn ab, meine Dame."

„Dieß ist mein sehnlichster Wunsch. Beantragen wir

gerichtliche Scheidung. Es kann Ihnen die Einwilligung nicht schwer werden, da unsere Ehe längst aufgehoben ist."

„Freilich, freilich!"

„Ich übernehme die Erziehung und später die Ausstattung meiner Tochter, die ich nicht vergessen habe."

„Gut, recht gut; aber, gnädige Frau, was wird aus mir?"

„Ein Mann mit Ihren Fähigkeiten wird für sich selbst zu sorgen im Stande sein."

„Die hohe Meinung, die Sie von mir hegen, schmeichelt allerdings meinem Stolze; aber ich gebe Ihnen zu bedenken, meine Gnädige, daß es sehr schwer, oft auch unmöglich ist, die besten Fähigkeiten zur Geltung zu bringen. Jung bin ich auch nicht mehr, wenigstens nicht so jung, um Karriere zu machen . . . ich muß mir ein Kapital zu verschaffen suchen, dessen Zinsen mich vor Entbehrung schützen."

„Ah, ich verstehe Sie!"

„Um so besser."

„Was fordern Sie für die Einwilligung in unsere Scheidung?"

Franz betrachtete einige Augenblicke gleichgiltig seine Hände.

„Sie erinnern sich des Tages unserer Trauung noch . . . damals schwuren Sie mir zu, daß wir Alles theilen wollen, was an Glück und Unglück uns beschieden werden sollte. Ich kann zur Theilung Nichts vorlegen als eine leere Börse . . . Sie aber sind sehr reich . . . wenn ich Sie an den Schwur erinnere und die Hälfte Ihres Vermögens fordere . . . Ihnen bleibt noch genug zu einem gemächlichen Leben . . . Was meinen Sie, gnädige Frau? Erkaufen Sie die Freiheit, nach der Sie schmachten, zu theuer? Und bin ich anmaßend, wenn ich auf die Erfüllung eines Schwurs dringe, den auch ich zu halten gesonnen bin? Außerdem habe ich lange für unsere Tochter gesorgt . . . Ich bin doch wahrlich nicht anmaßend.“

Ein ironisches Lächeln zeigte sich in den schönen Zügen der Dame.

„Die Hälfte meines Vermögens fordern Sie? Das ist zu viel, viel zu viel! Einige tausend Thaler hätte ich auf der Stelle gezahlt . . .“

„Demnach legen Sie auf Ihre Freiheit nur ei-

nen geringen Werth. Es ist dies wiederum schmei=
chelhaft für mich, der ich die Ehre habe, durch das
Band der Ehe an Sie gefesselt zu sein."

„Sie irren, mein Herr! Die Freiheit geht mir
über Alles, selbst über mein ganzes Vermögen. Wenn
man das heiß ersehnte Gut aber billiger erkaufen
kann als der Verkäufer es wünscht, so zieht man
Vortheil von diesem Umstande. Und in diesem Falle
bin ich. Entweder lösen Sie die falschen Wechsel,
die ich aufbewahre, durch die Erklärung ein, daß Sie
in die Scheidung willigen, oder ich übergebe die
schrecklichen Papiere noch heute dem Staatsanwalte."

Diese Energie hatte Franz nicht gefürchtet, er
hatte sie nicht einmal für möglich gehalten.

„Hm," murmelte er, „als einen Verbrecher wol=
len Sie mich denunziren?"

„Nichts," erklärte die Dame, „wird mich abhal=
ten! Und sind Sie verurtheilt, woran nicht zu zwei=
feln, dann spricht das Gericht die Scheidung aus,
auch ohne Ihre Einwilligung. Sie sehen, daß ich
großmüthig mit Ihnen verfahre."

Franz erhob sich.

„Haben Sie den Muth," fragte er, „mit mir einen Kampf zu beginnen?"

„Ich wage Alles, um meine Freiheit zu erlangen."

„Wohlan, so denunziren Sie mich . . ."

„Bedenken Sie sich wohl, mein Herr!"

„Ich werde vor den Schranken des Gerichts er= scheinen. Doch zuvor senden Sie mir Ihren Rechts= anwalt, daß ich ihm gewisse Eröffnungen mache . . . Ich rathe Ihnen dies in Ihrem Interesse. Wollen Sie dann noch gegen mich verfahren . . . gut, aber messen Sie sich selbst die Schuld bei, wenn ich un= nachsichtlich Sie mit mir zu Boden reiße. Auf Ihre Vorschläge gehe ich nicht ein . . . die Zeit wird bald kommen, daß Sie mich bitten, Ihnen Bedingungen zu stellen. Sie betrachten unsere Angelegenheit als einen Kauf . . . auch ich werde sie als einen Han= del betrachten, dem Herz und Gemüth fern sind. Nur der kalte Verstand soll mich leiten . . . ich werde Spekulant sein wie es früher Ihr Vater gewesen!"

Er hatte die letzten Worte stark betont.

„Mein Vater? Mein Vater?"

„Ja, er, gnädige Frau!"

„Was soll das heißen?"

„Senden Sie mir Ihren Rechtsanwalt.“

„Wohin?“

„Franz von Hoym wohnt in dem Hotel zur Krone. Wäre ich eben so fühllos als Sie, meine Gnä= dige, so würde ich unmittelbar mit Ihnen verhandeln . . . ich ziehe es vor, Ihren Rechtsanwalt mir ge= genüber zu sehen. Aber zögern Sie nicht, denn mein Aufenthalt in der Residenz könnte nur von kurzer Dauer sein. Kehre ich später zurück, so re= klamire ich meine Frau mit allen mir zu Gebote stehenden Mitteln.“

„Sie wollen mich reklamiren?“ fragte erschreckt die Dame.

„Mir die Gattin, meiner Tochter die Mutter.“

Franz verneigte sich kalt und stolz und verließ den Saal.

Frau von Hoym machte einige Schritte der Thür zu; plötzlich jedoch blieb sie stehen.

„Nein, nein,“ flüsterte sie; „es ist unmöglich, ich kann kein Wort weiter an ihn richten. O, wie schrecklich ist mir dieser Mann geworden . . . und er droht noch! Mir droht er, die er so schändlich betrogen! Den größten Theil meines Vermögens hat

er verschwendet, hätte ich das Glück nicht gehabt
eine Verwandte zu beerben, ich würde heute in den
traurigsten Verhältnissen leben, würde von Nieman=
dem beachtet sein. Und er droht noch! In Gottes
Namen denn mag der Kampf beginnen, ich muß mir
die Freiheit erwirken und sollte es auch eine große
Summe kosten."

Sie setzte sich an den Schreibtisch und warf
rasch einige Zeilen auf das Papier, das sie dann
mit einer Oblate schloß. Durch ein Glockenzeichen
rief sie den Diener herbei, dem sie den Brief mit
dem gemessenen Befehle übergab, ihn so rasch als
möglich an die Adresse zu befördern. Frau von
Hohm war wieder allein. Ungeduldig sah sie nach
der goldenen Uhr, die an ihrer Seite hing.

„Zehn Minuten noch fehlen an zwölf Uhr!"
flüsterte sie. „Es war hohe Zeit, daß der schreckliche
Mensch sich entfernte, der mir die schönsten Jahre
meines Lebens verbittert hat. Ich kann noch von
Glück sagen, daß er gekommen ist . . . mag der
Doktor mit ihm verhandeln, ich gebe ihm unbe=
schränkte Vollmacht."

Sie setzte sich an den Flügel, ein prachtvolles

Instrument, und begann zu phantasiren. Ihre klei=
nen fleischigen Finger glitten gewandt über die Ta=
sten; sie war wirklich Meisterin. Die kräftigen Ak=
korde verwandelten sich nach und nach in eine sanfte, kla=
gende Melodie, die die Dame gefühlvoll vortrug.

Wollte sie sich zerstreuen oder hatte das Spiel,
das Schmerz und Sehnsucht ausdrückte, einen anderen
Grund? Es war wohl kaum anzunehmen, daß Frau
von Hohm nach so einer erschütternden Scene Lust
am Klavierspiele empfand. Sie phantasirte indeß
fort und es gelang ihr, sich eine Ruhe anzueignen,
die ihr erlaubte, die klagende Melodie auszuspinnen.
Da öffnete sich leise die Thür. Die Dame bemerkte
nicht, da sie der Thür den Rücken zuwandte, daß
ein Offizier leise eintrat. Dieser Offizier war nicht
ganz jung mehr, er mochte achtunddreißig bis vier=
zig Jahre zählen, sein krauses Haar war zwar noch
dunkel, aber dünn . . . eine angehende Glatze ver=
größerte die hohe glänzende Stirn, unter der große
feurige Augen glänzten. Ein kräftiger Bart über
der Oberlippe und am Kinn verlieh ihm das An=
sehen eines echten Kriegers. Groß und stattlich ge=
wachsen, stand ihm die grüne Uniform mit rothen

Aufschlägen vortrefflich. Die Epaulettes deuteten seinen Grad an, er war Major.

Leise schlich er bis an das Instrument. Da ein schwerer Teppich den Boden bedeckte, verursachten seine Schritte kein Geräusch. Einige Augenblicke lauschte er mit sichtlichem Entzücken, dann neigte er sich und drückte einen Kuß auf den weißen Nacken der Virtuosin.

„Beata," rief er dann, „ich muß Dich bewundern!"

Sie sprang auf.

„Wie Du mich erschreckst!"

„Du phantasirst heute köstlich."

„Weil mich eine unbeschreibliche Sehnsucht nach Dir peinigt. Ach, Theodor, die Liebe erzeugt seltsame Stimmungen; sie begeistert und ermuthigt, sie ängstigt und erzeugt Trauer . . ."

Der Major legte seinen Arm um die Taille der Dame.

„Beata, auch ich empfand heute eine Sehnsucht nach Dir, die sich bis zur Unerträglichkeit steigerte."

Nun erst küßte er zärtlich ihren Mund.

„Bleibst Du nun bei mir?" fragte sie leise.

„Wenigstens zwei Stunden."

„So speisen wir mit einander."

„Ich nehme die Einladung an, Beata. Doch, was ist das? Mir scheint, Du bist erregt . . ."

„Die Ueberraschung, die Du mir bereitet . . ."

„Könnte ich immer, immer bei Dir bleiben! O, daß die traurigen Verhältnisse nicht zu beseitigen sind, die der Erreichung unsers Wunsches entgegenstehen."

„Ich hoffe, daß sie in kurzer Zeit verschwunden sein werden."

„Beata! Sind gute Nachrichten eingegangen?"

„So gute, wie ich sie nur immerhin wünschen konnte."

Beata küßte den Major.

„Wo lebt unser Peiniger?" fragte er hastig.

„Hier in der Residenz."

„Ist's möglich!"

„Und wärst Du eine halbe Stunde früher ge= kommen, so würdest Du Franz von Hohm gesehen haben."

„Er war bei Dir?"

„Zu meinem Entsetzen und zu meiner Freude. Wir können den Scheidungsprozeß nun beginnen."

„Das ist ein Glück, ein großes Glück!"

Beide ließen sich auf der Ottomane nieder.

„Beata", fragte der Major, „welchen Eindruck hat Dein Mann auf Dich gemacht?"

Sie schüttelte schmerzlich lächelnd den Kopf.

„Ich begreife die Verirrung nicht, zu der ich mich einst habe verleiten lassen, ich begreife mich selbst nicht! War ich auch kaum aus den Kinderjahren herausgetreten als die Familien jene unglückliche Heirat beschlossen, so hätte ich mir doch ein Urtheil bilden müssen über den Mann, dem ich die Hand reichte. Ich muß mit Blindheit geschlagen gewesen sein."

„Oder richtiger gesagt, Du hast als gehorsame Tochter gehandelt und Deine Eltern tragen die Schuld an dem Jammer, der Dich betroffen. O, wie oft meine Theure, habe ich Dich beklagt."

Sie warf sich an seine Brust.

„Theodor," rief sie leidenschaftlich, „es wäre mein Tod, müßte ich zu dem entsetzlichen Manne zurückkehren!"

„Dazu wird kein Gerichtshof Dich verurtheilen."

„Gott gebe es!"

„Wie benahm sich Hohm?"

„Er forderte die Hälfte meines Vermögens für die Einwilligung in die Scheidung."

„Der bescheidene Mann!" rief lachend der Major. „Der Spekulant zeigt sich doch bei jeder Gelegenheit."

„Ach, ich gebe gern Alles hin, um recht bald mit Dir verbunden zu werden!"

„Versprich nicht zu viel!" sagte rasch der Major. „Hat Hoym Ansprüche an Dich? Hat er irgendwie ein Recht auf Deine Großmuth? Du, nur Du hast die Abfindungssumme zu bestimmen oder vielmehr das Geschenk, das Du dem Manne machen willst."

„Ich bestimme Nichts, mein Rechtsanwalt mag verhandeln . . . Hoym soll mir nie wieder unter die Augen treten! Theodor, die glücklichste Stunde meines Lebens wird bald schlagen!"

„Und auch mir!"

„Durch Dich, mein Freund, habe ich die Liebe erst kennen gelernt und darum begreife ich ganz den Verlust, den die traurige Konvenienzheirat mir zugefügt. Wieviel Jahre meines Lebens habe ich in den trau-

rigsten Verhältnissen verlebt! Nein, ich habe eigent=
lich nicht gelebt, ich habe nur gelitten."

In den Augen der schönen Frau erschienen
Thränen.

„Beata," rief der Major, „gedenke der Vergan=
genheit nicht mehr!"

„Werde ich nicht unwillkürlich daran erinnert?
Der Kampf, den ich mit dem schrecklichen Manne zu
bestehen habe, treibt mir die Röthe der Scham ins
Antlitz. Die Geschichte meiner Scheidung ist so ge=
meiner Natur . . ."

„Ich endige sie, und wenn es sein muß selbst
durch ein Duell. Diesem Franz von Hoym bin ich
der erbittertste Feind; er mag nicht zu weit gehen in
seinen Forderungen."

„O, wie schäme ich mich, wie qualvoll ist es mir,
den Namen dieses Mannes zu tragen! Die Feder
zittert in meiner Hand, wenn ich den Namen schrei=
ben muß."

„Beata, ich darf mich nur heimlich zu Dir schlei=
chen, weil Du der Form nach einem andern Manne
noch angehörst . . . und doch möchte ich mein Glück,
von Dir geliebt zu sein, laut der ganzen Welt ver=

künden! Wer hindert mich daran? Ein Abenteurer, ein leichtsinniger Patron . . .“

Beata weinte heiße Thränen in ihr weißes Ba= tisttuch.

„Bin ich nicht mehr zu beklagen als Du? Meine Ehre ist verloren, Hohm kann mich selbst des Ehe= bruchs anklagen, wenn er erfährt . . .“

„Freilich, Deine Ehe ist noch nicht getrennt . . . aber, Beata, Niemand, der Deine Verhältnisse kennt, kann Dich verurtheilen. Sprechen wir nicht mehr über diesen Punkt . . . Der Doktor Georgi mag die Angelegenheit ordnen, und er wird sie ordnen, da er der verschlagenste und scharfsinnigste Jurist der Re= sidenz ist. Was keinem seiner Kollegen möglich, voll= bringt er.“

„Ich habe ihn für diesen Nachmittag zu mir be= schieden.“

„Nach wenig Wochen, Beata, wirst Du frei sein. Du mußt frei sein, und sollte ich die lästigen Bande mit dem Degen zerreißen.“

Sie warf sich leidenschaftlich an seine Brust.

„Ach, Theodor, wie liebe ich Dich! Du allein

nur kannst mich für die qualvolle Vergangenheit ent-
schädigen!"

Er küßte ihr Augen, Mund und Wangen.

Im traulichen tête-à-tête verbrachten sie noch
eine Stunde; dann betraten sie ein reizendes Zimmer,
um hier ein gewähltes Diner einzunehmen. Einen
Diener ließ Beata nicht zu, sie selbst machte die
Hausfrau in der angenehmsten Weise. Daß das
Mahl durch Küsse gewürzt wurde, bedarf wohl kaum
der Erwähnung. Die Liebenden kosten mit einer Lei-
denschaftlichkeit als ob sie junge Leute wären. Gegen
drei Uhr entfernte sich Theodor von Auerstein. Beata
konnte sich kaum von ihm losreißen. Noch im Vorzimmer hing sie an seinem Halse.

„Er ist der schönste Mann der Residenz," dachte
sie; „und er liebt mich aufrichtig und wahr . . .
mein Vermögen gilt ihm Nichts, er will nur mich!
Das hat er mir mehr als ein Mal zugeschworen!
Ach, er ist fähig, für mich zu einem Duelle zu gehen.
Doch dahin wird es nicht kommen, er darf sein theue-
res Leben nicht preisgeben."

Unter dem Eindrucke, den der Besuch des gelieb-
ten Mannes hinterlassen, erwartete sie den Advokaten,

der gleich nach drei Uhr angemeldet ward. Wir kennen den Doktor Georgi, er ist derselbe, der den armen Edelmann aus der kläglichen Wohnung getrieben hat. Wie anders sah er jetzt aus, er war die Freundlichkeit und Unterwürfigkeit selbst. Es ließ sich erkennen, daß er zu dem Besuche eigens Toilette gemacht hatte.

„Endlich, endlich!" rief Beata ihm entgegnen.

„Verzeihung, gnädige Frau, Sie haben mich um diese Stunde bestellt . . . ich bin pünktlich wie die Uhr selbst, wenn von Ihnen ein Befehl ergeht . . . Ihre Erregung verräth, daß sich Ungewöhnliches ereignet hat."

„Doktor, Franz von Hoym ist hier!"

„Wie?"

„Er hat mich diesen Morgen besucht."

„Ei, dann fangen wir den lockern Vogel, der sich uns so lange entzogen hat. Jetzt gilt es, ihn festzuhalten."

Beata erzählte ihm die Unterredung, die sie mit Franz gehabt.

Der Doktor hatte aufmerksam zugehört.

„Die Hälfte Ihres Vermögens!" murmelte er
lächelnd. „Ueber die Bescheidenheit des Herrn
verliere ich kein Wort . . . nur Eins möchte ich
wissen."

„Was, Herr Doktor?"

„Wieviel gedenken Sie zu zahlen?"

„Ich habe bereits so große Opfer bringen
müssen, daß mir jetzt eine Ersparniß geboten erscheint."

„Ganz meine Meinung, gnädige Frau. Herr von
Hohm hat auf Ihre Kosten wie ein Fürst gelebt."

„Mein väterliches Vermögen hat er größtentheils
verschwendet; wäre mir in neuester Zeit die Erbschaft
nicht zugefallen, Sie wissen es ja . . ."

„So würden Sie durch die Schuld des Gemals
arm geworden sein. Es ist demnach ganz in der
Ordnung, daß Sie sich seiner so wohlfeil als möglich entledigen. An eine gütliche Ausgleichung ist
wohl nicht zu denken?"

„Doktor, sprechen Sie das Wort nicht aus!"
rief erschreckt die Dame.

„Ich muß das wissen!"

„Der Tod ist mir lieber als ein ferneres Zusammenleben mit diesem Manne. Entsetzen erfaßt mich, wenn ich an die Möglichkeit dieses Falles denke."

„Scheidung um jeden Preis . . . gut!"

„Und so rasch als möglich."

„Auch gut, gnädige Frau. Von der Hartnäckig=keit Ihres Gegners läßt sich Alles fürchten. Un=überwindliche Abneigung ist zwar ein Scheidungs=grund . . . aber ich möchte einem langwierigen Pro=zesse vorbeugen, möchte Ihren Gegner zu Konzessionen zwingen, die das Verfahren abkürzen."

„Ich sorge für meine Tochter Anna."

„Selbstverständlich. Sind Ihnen vielleicht kleine Geheimnisse bekannt . . . verzeihen Sie, daß ich in=diskret frage . . . in der Hand des Juristen gestal=ten sich Geringfügigkeiten zu großer Bedeutung . . . ist es überflüssig, davon Gebrauch zu machen, nun so bleiben Ihre Mittheilungen in meiner Brust be=graben . . ."

Beata überlegte einige Augenblicke, dann erzählte sie die Geschichte von den falschen Wechseln.

Der Advokat griff mit der Hand an sein spitzes
Kinn und murmelte:

„Das wäre etwas! Wo sind die Wechsel?"

Die Dame holte die Papiere und übergab sie
dem Rechtsanwalte, der sie prüfte, den Kopf schüt=
telte und um die Erlaubniß bat, sie behalten zu
dürfen; er versicherte, daß er sie nur als Drohmittel
anwenden würde. Beata willigte ein.

„Doktor", fügte sie hinzu, „verschaffen Sie mir die
Freiheit, so zählen Sie auf ein glänzendes Honorar,"

„Verlassen Sie sich auf mich, Herr von Hoym
wird in die Flucht geschlagen. Ich beginne heute
noch die Prozedur und werde mir erlauben, Ihnen
von Zeit zu Zeit Bericht zu erstatten. Läßt sich Ihr
Gegner bei Ihnen melden, so weisen Sie ihn ab...
er hat nur mit mir zu verhandeln. Ich muß dies
zur unerläßlichen Bedingung machen, damit Einheit
in das Verfahren komme. Eine Vollmacht besitze ich
schon ... mir bleibt nur noch die Bitte auszu=
sprechen: Schenken Sie mir volles Vertrauen und
setzen Sie mich sofort von dem in Kenntniß, was
Ihnen über unsere Angelegenheit zu Ohren kommt.
Ich habe die Ehre, mich Ihnen zu empfehlen."

„Doktor," flüsterte bittend die Dame, „schaffen Sie mir Ruhe!"

Der Advokat nickte zuversichtlich lächelnd mit dem Kopfe und ging.

„Ich kann nicht anders!" flüsterte Beata. „Jetzt gilt es, die gräßlichen Fesseln abzuschütteln. Mein Leben ist bis jetzt traurig verflossen . . . nicht nur die Liebe spornt mich zu energischen Schritten an, auch die Ehre! Theodor ist Graf, ich werde als seine Gemalin einen Rang einnehmen, um den man mich beneidet. Mag er immerhin arm sein, ich bringe ihm ja ein großes Vermögen zu und dies soll Hohm nicht schmälern. Wir werden ein Haus ma=chen, das dem des stolzen Grafen von Auerstein nicht nachsteht. Die Ueberraschung wird eine großartige sein, wenn wir unsere Verlobung proklamiren! Wie werden sich die Zungen in Bewegung setzen, wie wird man mich und meine Verhältnisse kritisiren . . . Ich feiere einen Triumph, nach dem ich mich lange gesehnt habe."

Sie machte Toilette, ließ den Wagen kommen und fuhr zu Frau Stein, mit der sie seit Jahren auf freundschaftlichem Fuße lebte.

Der Advokat saß in seinem Arbeitszimmer, be=
trachtete die Wechsel und murmelte: „Der Sohn
soll für den Vater büßen! Ich führe einen doppelten
Schlag aus: mein Feind erhält eine derbe Züchtigung
und ich gewinne ein Sümmchen, das den neulich er=
littenen Verlust deckt. So gleicht sich Alles aus im
Leben; man muß nur Geduld, Ausdauer und ein wenig
Muth besitzen ... ich will nicht Unverschämtheit sagen.
Diese Scheidungssache gehört zu den interessantesten
und einträglichsten Fällen, die mir in meiner langen
Praxis vorgekommen. Führt der Teufel diesen Herrn
von Hoym zurück! Die gnädige Frau braucht nicht
zu wissen, daß ich außerdem noch Mittel besitze, den
Lümmel zahm zu machen, sie soll es meiner juristi=
schen Schlauheit anrechnen, daß ich ihr den Prozeß
gewinne. Und ich gewinne ihn ... hier liegen die
Waffen, mit denen ich zu Felde ziehe."

Er schlug mit der hagern Hand auf ein bestaub=
tes Aktenstück. Ein Klient, ein Landmann, ward
angemeldet. Der Doktor verschloß das Aktenstück, das
nun eine besondere Wichtigkeit erhalten hatte, und em=
pfing den Klienten.

## 6.

### Herr Adam Wedekind.

Franz von Hohm erreichte in trüber Stimmung sein Hotel. Ihm war schon klar geworden, daß von seiner Frau, die stets einen energischen Charakter gezeigt, Nichts oder doch nur sehr Wenig zu erlangen sei. Auf ihre Milde glaubte er nicht rechnen zu dürfen, sie war zu erbittert und außerdem zu abgestumpft gegen das eheliche Verhältniß, in dem sie früher kaum einiges Glück gefunden hatte. Auch die Liebe zu dem Kinde mußte erloschen sein, das sie kaum kennen gelernt! Franz war zu stolz um zu betteln und Drohmittel konnte er nicht anwenden. Er beschloß die Schritte des Advokaten abzuwarten und darnach sein künftiges Verfahren einzurichten. Rasten durfte er nicht, da die Kasse gebieterisch Erwerb forderte. Ihm blieb ja noch die arme Sophie, und diese hoffte er

auszubeuten. In dritter Linie stand Edmund von Stein.
„Ich habe doch Glück gehabt," dachte er; „meine
Verhältnisse sind eben nicht ungünstig. Wohlan,
ich beute sie aus, ich muß es, wenn ich nicht unter=
gehen will. Habe ich nicht für mein Kind zu sorgen?"

Als er das Zimmer betrat, fand er die beiden
Mädchen plaudernd am Fenster sitzen. Pauline ent=
schuldigte sich ihres langen Bleibens wegen; sie meinte,
Fräulein Anna führe eine so anziehende Unterhaltung,
daß sie sich habe nicht trennen können. Anna war
entzückt über die neue Freundin; sie bat den Vater
um die Erlaubniß, das Theater besuchen zu dürfen.
Franz willigte ein, als Pauline ihre Loge anbot. An
der Mittagstafel saßen die beiden Väter und die bei=
den Töchter wieder beisammen. Die Schönheit der
Mädchen erregte die Aufmerksamkeit der Gäste. Franz
beobachtete dies mit stiller Freude und zugleich schwor
er sich im Stillen, mit allen Mitteln dahin zu wir=
ken, daß Anna nie wieder in Armuth und Elend zu=
rückgeschleudert werde.

Herr von Hoym beschloß, den Nachmittag zu
ruhen.

Im Speisesaale blieb er mit seinem neuen Freunde

beim Kaffee, während die übrigen Gäste sich entfern=
ten. Beide rauchten feine Havanna=Zigarren zu dem
duftenden Mokka.

„Sie sind verheiratet gewesen, Herr Wedekind?“

„Leider!“ antwortete lächelnd der Rentier.

Es ließ sich nicht unterscheiden, ob er dies „lei=
der“ ironisch oder scherzend aussprach.

„Ist Ihre Frau gestorben?“

Adam rauchte, entfernte die Asche von der Zi=
garre und antwortete ruhig:

„Wie Sie wollen . . .“

„Was heißt das?“

„Meine Frau ist für mich verloren und damit
Basta!“

Er schlürfte aus der Tasse und rauchte fort.

„Also lebt sie?“ fragte Franz weiter, der einen
triftigen Grund hatte, den Alten auszuforschen.

Wir erinnern daran, daß Frau von Hoym den
Namen „Wedekind“ genannt hatte.

„Wohl möglich!“

„Wissen Sie denn Nichts von ihr, lieber Freund?“

„Ich will Nichts von ihr wissen.“

„Sie sind ein großer Philosoph!“

„Ein Umstand, der mir das Leben erheitert."

„Und Ihre liebenswürdige Tochter . . . meine Anna ist entzückt über die neue Bekanntschaft . . . bleiben wir so lange als möglich beisammen."

„Kann geschehen, Herr von Hoym."

„Diesen Abend setzen wir unsere Spielpartie fort."

„Gern!"

„Unsere Töchter mögen die Oper hören.

Adam hatte lange in den blauen Rauch seiner Zigarre gesehen.

„Herr von Hoym!" rief er plötzlich.

„Was beliebt?"

„Wie steht es mit Ihrer Frau?"

„Mit meiner Frau?"

„Ah, ich erinnere mich . . . Sie haben mir gesagt, daß Sie Witwer wären. Ist Fräulein Anna Ihr einziges Kind?"

„Ja, Herr Wedekind!"

„So beneide ich Sie."

„Ich begreife Sie nicht . . ."

Adam rückte seinen Stuhl näher an den Tisch, damit er leiser sprechen konnte.

„Sehen Sie, Herr von Hoym, meine Frau lebt

eigentlich noch); aber ich liege mit ihr im Streite, ich kann sie nicht los werden. Das Weib will von Schei= dung Nichts wissen, es sei denn, daß ich ihr mein liebes Kind, meine Pauline übergebe. Was daraus werden soll, weiß ich nicht; aber meine Tochter bleibt bei mir."

„Sie wollen sich scheiden lassen?" fragte der Edelmann.

„Ja."

„In diesem Falle müssen Sie die Geschiedene un= terhalten."

„Es kommt darauf an."

„Kann Ihre Frau sich selbst ernähren?"

„Brechen wir ab, Herr von Hoym. „Ich sage Ihnen später, was aus meiner Frau geworden ist."

Adam reichte ihm die Hand und verließ den Spei= sesaal.

„Ein seltsamer Mensch!" murmelte Franz. „Daß er den Namen „Wedekind" trägt, macht ihn mir interessant . . ich werde schon noch so viel Licht über ihn erhalten, als nöthig ist, um einen gewissen Zusammenhang der Dinge zu erkennen. Wedekind, Wedekind . . . ich werde noch einen Gang thun."

Franz betrat sein Zimmer. Anna war allein.

„Wo ist Deine Freundin?"

„Sie stattet mit ihrem Vater einen Besuch ab. Später kommt sie zurück, um mich in das Theater zu führen. Du gibst mir doch die Erlaubniß, lieber Vater?"

„Gern; amüsire Dich, achte aber auch genau auf die Leute, die sich Fräulein Pauline nähern. Ich gehe jetzt aus ... kehre ich nicht zeitig genug zurück, so übergib dem Portier den Schlüssel zu unserm — Zimmer."

Er verließ das Hotel und kaufte in einer Handlung zwei Spiele neuer Karten, die er sorgfältig in der Tasche seines Rocks verbarg. Dann suchte er die Paulsstraße auf und in dieser ein großes finsteres Haus, über dessen Eingangsthore sich die Nummer 3 befand. Der Leser erinnert sich dieses Hauses wohl noch, es ist dasselbe, in welchem zur Zeit ihres tiefsten Elendes die arme Sophie wohnte. Der Edelmann wußte hier schon Bescheid; er wandte sich rechts und klopfte an eine beschmutzte Thür.

„Herein!" rief eine Frauenstimme.

Franz überschritt die erhöhte Schwelle. Er befand

sich in einem kleinen niedrigen Zimmer, das durch das einzige nach der schmalen Straße hinausgehende Fenster matt erhellt ward. Ein Kanonenofen, glühend roth, verbreitete eine kaum erträgliche Hitze. In dem Lehnstuhle neben dem Ofen saß ein alter Mann, der aus einer langen Pfeife rauchte. Eine Frau von vielleicht vierzig Jahren saß am Tische und trank Kaffee. Auf ihrem Schooße lag eine große schwarze Katze. Das Weib hatte ein gemeines Gesicht, in dem sich jene unverkennbaren Zeichen befanden, die auf den Genuß geistiger Getränke hindeuten. Eine mit Pelz verbrämte Jacke hüllte den dicken Oberkörper des Weibes ein. Um den Kopf war ein schwarzes Tuch gewunden, das über der Stirn eine große Schleife bildete.

„Guten Tag!" grüßte Franz.

Phlegmatisch dankte die Frau, ohne sich zu erheben.

Der Alte, der im Halbdunkel saß, regte sich nicht. Man sah die Rauchwolken, die er ausblies, dem Fenster zuziehen.

„Was wünscht der Herr?" fragte die Frau, nachdem sie ruhig aus der Tasse getrunken hatte.

„Ich möchte mit dem Hausmeister Kunze sprechen."

„Da sitzt mein Vater."

„Ah, gut!"

„Sie können auch mir Ihr Anliegen vorbringen, denn ich besorge jetzt die Geschäfte meines Vaters, der nun nach gerade hinfällig wird. Wenn Sie eine Wohnung suchen, so kann ich Ihnen sagen, daß in unserm Hause keine leer steht."

„Ich habe bereits meine Wohnung . . ."

„Was wollen Sie denn?" fragte die Frau, die ihre Tasse niedersetzte.

„Sie bekleiden schon lange den Posten des Hausmeisters?"

„Freilich, über dreißig Jahre."

„Es mögen neunzehn oder zwanzig Jahre sein, daß eine Näherin in diesem Hause wohnte, die sich Sophie Witt nannte."

„Hier haben viel Näherinnen gewohnt, lieber Herr! Wer kann alle die Namen behalten . . . und zwanzig Jahre . . ."

Jetzt regte sich der Alte.

„Ja, ja!" murmelte er.

„Weißt Du etwas, Vater?"

„Ich glaube . . . Sophie Witt, sie brachte ein kleines Kind unter dem Tuche . . . O, ich weiß es noch!"

„Ah," rief die Frau, „nun erinnere auch ich mich . . . diese leichtfertige Person hieß also Sophie Witt! Sie war hübsch, sehr hübsch! Ein vornehmer Herr fragte einmal nach ihr . . . Wenn Sie diese Näherin meinen . . . sie wurde krank, man schaffte sie in das Hospital, wo sie wohl gestorben sein mag. Sagtest Du nicht, Vater, daß sie Abends mit dem Kinde fortgegangen und ohne dasselbe zurückgekommen sei?"

„Ja, das ist so! Ich hätte die Geschichte auch angezeigt, aber da sie in das Hospital gebracht wurde und der Doktor sagte, daß sie sterben würde, habe ich geschwiegen. Was ging mich die Sache an? - Die Näherin kann ja auch das Kind weggegeben haben. Ich war froh, daß die Stube leer wurde, die sie bewohnte. Lene, gib doch dem Herrn einen Stuhl."

Lene erhob sich langsam und bot den eigenen Stuhl dem Gaste.

„Was wollen Sie denn wissen von der Näherin?" fragte sie neugierig.

„Ich interessire mich für sie . . .“

„So, so!“

„Vielleicht ist Ihnen bekannt, was aus ihr geworden?“

„Wir wissen Nichts, lieber Herr!“

Der alte Hausmeister hatte sich emporgerichtet.

„Es war gleich darauf ein Herr hier, der nach der Witt fragte; da habe ich ihm gesagt, was ich wußte . . . mit dem Kinde ist es nicht richtig, das lasse ich mir nicht nehmen. Den Angeber wollte ich nicht spielen, es war auch schon zu spät. Das Mädchen wird längst todt sein . . .“

„Vater!“ rief Lene.

„Was denn?“

„Da fällt mir noch etwas ein.“

„Sage es nur.“

„Vor zehn oder zwölf Jahren war auch eine Frau hier . . .“

„Richtig, das ist wahr.“

„Diese Frau wollte Auskunft über die Witt haben.“

„Eine Frau?“ fragte Franz.

„Oder eine Dame; sie war sehr gut gekleidet.“

„Haben Sie den Namen dieſer Dame nicht gehört?"

„Nein."

„Wie ſah ſie aus?"

„Rund und dick; ſie war klein und hatte ſchon
ein wenig graues Haar. Und das Geſchmeide, das
ſie trug! Eine große goldene Kette mit einer Uhr
... in den Ohren ſchwere Ohrgehänge, an den
Fingern glänzende Ringe . . . es war eine Pracht!"

„Ja, die Dame mußte ſehr reich ſein!" fügte
der Alte hinzu.

Er ſtand auf und ging unruhig durch das Zimmer. Seine große Geſtalt war gebeugt vom Alter,
es machte ihm Mühe, an das Fenſter zu gelangen.

„Was haſt Du denn, Vater?" fragte Lene verwundert.

„Nichts!"

„Warum bleibſt Du nicht ſitzen?"

„Stecke Licht an!" befahl er barſch.

„Wir haben nichts zu ſehen, können das Oel
ſparen, das dieſen Winter ſehr theuer iſt."

„Bringe Licht!"

„Nun bekömmt er wieder seine Laune! Es ist kaum fünf Uhr und schon soll man Licht anzünden!"

Franz glaubte, daß der Alte einen bestimmten Plan verfolge; er wandte sich zu der Tochter.

„Liebe Frau, hier ist ein Thaler, kaufen Sie Oel dafür. Ich gebe ihn gern, denn Ihr Vater hat auch mir einen Dienst geleistet, indem er über Sophie Witt schwieg. Das arme Mädchen hat mir einst nahe gestanden, und ich gäbe viel darum, wenn ich den Aufenthalt erfahren könnte . . ."

Er warf das Silberstück auf den Tisch.

„Da muß ich wohl die Lampe anzünden," sagte Lene.

Sie nahm das Geld und entfernte sich

„Herr," sagte der Hausmeister, „sprechen Sie jetzt offen . . ."

„Was?"

„Sie sind der Vater jenes Kindes . . ."

„Nicht ich, lieber Mann."

„Wer sonst?"

„Ein mir naher Verwandter, der mich beauftragt hat, Nachforschungen anzustellen. Er sagte mir, daß Sophie hier gewohnt habe, und darum ist es natür-

lich, daß ich mich zuerst an Sie wende. Ich bin
erbötig jede Auskunft, die Sie mir ertheilen werden,
gut zu bezahlen. Sagen Sie Alles, was Sie wissen."

„Gut, ich will Alles sagen."

Lene trat mit der brennenden Lampe ein.

„Was machst Du denn, Vater?" fragte sie
drohend.

„Setze die Lampe dorthin. Nun hole den Brief."

„Was für einen Brief?"

„Von der Frau an Sophie Witt."

„Bedenke, Vater . . ."

„Jetzt thue, was ich Dir sage . . . ich will endlich Gewißheit haben."

Lene, eine alte Jungfer, schleppte sich phlegmatisch
in die Kammer, wo sie einen Schrank erschloß, wie
sich an dem Geräusche vernehmen ließ. Als sie zu-
rückkam, übergab sie dem Alten ein vergilbtes Papier.
Dieser setzte sich in seinen Lehnstuhl zurück.

„Wie lange es her ist," begann er, „weiß ich
nicht, als eines Abends die Dame kam, von der ich
Ihnen schon gesagt habe. Sie erkundigte sich angelegentlichst nach der Näherin, ich aber konnte ihr keine
Auskunft geben und wies sie an das Hospital. Am

folgenden Tage kam sie wieder! sie sagte, daß sie in dem Hospital Nichts erfahren habe . . . weiter Nichts. Nun übergab sie mir diesen Brief . . . Lene, lies die Adresse!"

Lene strengte vergebens ihre Augen an; sie gab das Papier dem Gaste mit den Worten:

„Lesen Sie, lieber Herr!"

Franz las:

„An Herrn Wedekind."

„Der Brief ist an mich!" rief er.

„Wie heißen Sie denn?"

„Adam Wedekind!"

„Richtig!" rief der alte Hausmeister! „Da fällt mir der Name wieder ein, auf den ich mich nicht be=sinnen konnte. Damals habe ich mich darüber ge=wundert, wie man Adam heißen kann. Also die Dame beauftragte mich, diesen Brief dem Herrn zu geben, der nach der Näherin fragen würde; sie zahlte mir einen Thaler und sagte, der Empfänger würde deren zwei bezahlen."

Franz zog ruhig seine Börse und legte ein zwei=tes Silberstück auf den Tisch. Lene bemächtigte sich sofort des Geldes, das sie in ihre Tasche schob.

„Was wissen Sie noch?" fragte Franz den Alten.

„Ja, lieber Herr, das eben ist es, was mir Sorgen macht. Die Dame bestärkte mich in dem Glauben, daß die Näherin ihr Kind umgebracht habe. Ich mußte ihr alle Einzelnheiten erzählen und ihr sagen, was die Näherin gesagt hatte. Soviel stand fest, daß die Näherin in der letzten Nacht kein Kind bei sich gehabt hatte. Die Lene ist schuld, daß ich keine Anzeige machte. So oft ich an die Geschichte denke, macht sie mir Sorgen. Nicht selten kam mir die Lust an, den Brief zu öffnen . . . aber es unterblieb immer, weil ich auf den Herrn wartete, für den er bestimmt war.

„Sonst hat Niemand nach der Näherin gefragt?"

„Keine Seele, Herr! Das beruhigte mich einigermaßen."

„Nun bitte ich Sie, sprechen Sie über die Angelegenheit weiter nicht; wer auch kommen möge, Sie wissen Nichts, gar Nichts!"

„Und wenn nun die Dame kommt?" fragte Lene.

„So sagen Sie ihr, daß der Brief abgegeben sei. Mehr ist nicht nöthig. Ich werde mich bald wieder

einfinden, um nachzufragen, was geschehen sei und
Ihnen ein neues Geschenk zu bringen. Guten Abend!"

Franz nahm den Hut und verließ rasch das
Stübchen. Lene konnte ihm nicht folgen; er schloß die
Thür schon, als sie mit der Lampe an der Schwelle
erschien.

„Du bleibst doch ein Thor, Vater!" grollte sie.
„Statt soviel Geld als möglich herauszupressen, gibst
Du den Brief ohne Weiteres hin . . . Der Herr
hätte das Doppelte und Dreifache gezahlt, das habe
ich ihm gleich angemerkt."

„Es ist gut so!" rief der Alte.

„Nur zwei Thaler . . . ich hatte mich schon auf
fünf gefreut."

„Wirst schon noch mehr bekommen."

„Wenn dieser Herr nur der rechte ist!"

„Freilich, er nannte den Namen „Adam", den
ich mit Fleiß verschwieg. O, ich bin so dumm nicht!
Adam, ganz richtig . . . Ein Fremder kann das
Wort nicht wissen . . . Wie kann der Mensch Adam
heißen! Lene, stopfe mir die Pfeife und dann mache
ein gutes Abendessen zurecht . . . wir haben ja heute
Geld!"

Daran hatte Lene schon gedacht, die gern lockere Bissen verspeiste; sie schürte das Feuer in dem Ofen an, hüllte sich in einen alten Mantel und ging, um die nöthigen Einkäufe zu machen. Vater Kunze überließ sich in philosophischer Ruhe seiner stillen Leidenschaft; er rauchte aus seiner langen Pfeife und stellte Betrachtungen an über den raschen Verlauf des menschlichen Lebens. Lene bereitete ihm heute eine besondere Freude; sie brachte ihm ein Fläschchen guten Bieres mit.

Franz von Hohm schritt rüstig dem schneidenden Ostwinde entgegen.

„Ich bin ein Kind des Glücks!" dachte er. „Der Gedanke, mich an diesen Alten zu wenden, war vortrefflich. Mein seliger Vater, der mir die Adresse hinterlassen, hat Nichts erfahren . . . ich weiß desto mehr. Wedekind, Wedekind . . . daß diesem Adam mein Name nicht aufgefallen ist. Oder stellt er sich nur gleichgiltig, verfolgt er schlau einen geheimen Plan? Wir werden ja sehen . . . Vielleicht habe ich ihn jetzt in meiner Gewalt. Alles, was den Namen Wedekind führt, scheint im Geheimen Gaunerei zu treiben. O, der Brief ist von großer Wichtigkeit!"

Die Gaslaternen brannten schon.

Es war so kalt, daß die Menschen, die gezwungen waren, die Straßen zu passiren, sich beeilten, die schützenden Häuser zu erreichen.

Plötzlich blieb Franz stehen.

„Ah," murmelte er „der Laden der schönen Sophie."

Die Fensterscheiben des Magazins waren zwar mit einer Eiskruste überzogen, aber man konnte doch die Umrisse der Gestalten unterscheiden, die sich in dem Laden befanden.

Franz beobachtete. Er sah die drei Grazien, die mit einer Menge von Käuferinnen zu thun hatten. Das Geschäft ging flott, trotz der großen Kälte. Kunden, die den Laden verließen, wurden sofort durch neue ersetzt. Die Glocke der Glasthür ruhte kaum einige Augenblicke. Neben Franz stand ein Herr, dessen Mantel im Wind flatterte. Der Hut saß ihm tief über der Stirn, daß das Gesicht nicht zu erkennen war. Wie eine Statue stand er vor dem Schaufenster, der entsetzlich schneidende Wind schien ihn nicht zu berühren. Die ausgelegten Modewaaren konnten ihn, den Mann, wohl nicht reizen, es mußte ein an-

derer Magnet vorhanden sein, der ihn an den un=
erquicklichen Ort fesselte.

„Vielleicht die Liebe!" dachte Franz.

Kein Anderer als Edmund von Stein konnte die=
ser unerschütterlicher Beobachter sein.

Franz stellte sich zwischen ihn und das Laden=
fenster.

Der Beobachter trat ruhig einen Schritt zur
Seite, um eine andere Perspektive zu gewinnen.

„Herr von Stein!" murmelte Franz.

„Wer nennt meinen Namen?"

„Sind Sie Edmund von Stein?"

„Ja; aber Sie . . ."

„Ich bin Ihr Freund aus dem Kaffeehause!"

„Wahrhaftig! Wahrhaftig! Ach, ich habe mich
recht nach Ihnen gesehnt. Wie ist doch Ihr Name?"

„Wissen Sie ihn denn nicht mehr?"

„Nein!"

„Das wundert mich . . ."

„Sie haben ihn mir noch gar nicht genannt!"

„Ei, das wäre!"

„Wahrhaftig! Ich habe mir den Kopf zer=
brochen . . ."

„So bin ich Ihr namenloser Freund!"

„Wie heißen Sie?"

„Von Wedekind!"

„Ach, Herr von Wedekind, ich bin sehr un=
glücklich!"

„Unglücklich?"

„Maßlos elend!"

Der arme Mensch zitterte vor Frost am ganzen
Körper.

Freund, haben Sie meinen Brief abgegeben?"

„Ah, den Brief an die reizende Rosa . . ."

„Ja, ja!"

„Noch nicht, lieber Freund."

„Wann wird es geschehen?"

„Morgen, morgen oder übermorgen; ich muß die
rechte Zeit abwarten."

„Also spätestens übermorgen?"

„Verlassen Sie sich auf mich; ich werde Ihre
Angelegenheit warm vertreten."

„Die Liebe läßt mir keine Ruhe; ich mußte hier=
her eilen, um Rosa wenigstens zu sehen."

„Sie können sich eine Krankheit zuziehen, mein
Bester!"

„Was ift eine Krankheit des Körpers gegen die Leiden des Herzens? Ich möchte wahnfinnig werden!"

„Oh, oh!" rief Franz.

„Sagen Sie das der ſchönen Roſa!"

„Ihre leidenſchaftliche Liebe wird ſie rühren."

„Gehen Sie jetzt zu ihr, Herr von . . . da habe ich den Namen ſchon wieder vergeſſen."

„Wedekind, Freund!"

„Gehen Sie jetzt zu ihr?"

„Ich komme von der Mutter, die mit mir be= freundet und verwandt iſt. Eine ſo delikate Sache muß zart angefaßt werden . . . ich würde Ihnen mehr ſchaden als nützen, wollte ich mit der Thür ins Haus fallen  Gehen Sie, der Aufenthalt hier ift ſchrecklich."

„Wann ſehen wir uns wieder?"

„Ich ſende Ihnen eine Einladung durch die Stadt= poſt zu. Nun gehen Sie, gehen Sie; es ift entſetz= lich kalt!"

„Er drückte dem zitternden Freunde die Hand und eilte weiter. Zehn Minuten ſpäter erreichte er ſein Hotel. Der Portier übergab ihm den Schlüſſel

. Anna war alſo mit Paulinen zur Oper ge=

gangen. Der Edelmann betrat sein Zimmer, zün=
dete eine Kerze an und verriegelte die Thür. Dann
setzte er sich an den Tisch. Zunächst las er den
Brief, den er von dem Hausmeister empfangen hatte.
Auf dem vergilbten Papiere standen folgende Zeilen:

„Lieber Adam!"

„Ah," dachte Franz, „dies gilt dem Rentier, der
nebenan wohnt. Jetzt erfahre ich, wie er zu seiner
Frau gestanden hat, die ohne Zweifel die Schreibe=
rin dieser Zeilen ist."

Er fuhr fort:

„Ich weiß nicht, wo Du Dich jetzt aufhältst, da
Du stets unterwegs bist. Da ich voraussetze, daß
Du nach Sophie Witt fragen wirst, übergebe ich
dem Hausmeister Kunz diesen Brief für Dich. Zähle
nicht mehr darauf, daß ich zu Dir zurück komme,
ich werde von nun an mein Geschäft allein besorgen
und Du magst die Pauline behalten."

„Der Anfang verspricht viel!" unterbrach sich
Franz, indem er die Kerze näher rückte. „Adam hat
eine schlechte Meinung von seiner Frau, ich kann es
ihm nicht verargen."

Er las:

Wüßte ich genau, daß nur Du allein diesen
Brief eröffnetest, so würde ich Dir die Leviten lesen,
wie Du es verdientest. Es bleibt dabei, ich komme
nicht wieder. Den Grafen Auerstein überlasse ich
Dir, Du magst mit ihm verhandeln. Verstehst Du
mich? Sei vorsichtig beim Abschlusse des Geschäfts
und nicht zu billig. Ziehe es lange hinaus, es wird
gut sein. Um den Knaben kümmre Dich nicht, ich
habe für ihn gesorgt. Mehr brauchst Du nicht zu
wissen. Meine Schwester ist in dem Hospitale gestorben, Herr von Hohm hat sie schlecht behandelt
und schmählich betrogen. Kannst Du diesem Edelmanne einen Streich spielen, so thue es. Ich ver-
lege mein Geschäft ins Ausland, wo mehr zu verdienen ist. Solltest Du Bosheit an mir üben wollen, so erinnere ich Dich an den Knaben . . . mehr
schreibe ich nicht nieder. Forsche nie nach mir, und
begegnen wir uns einmal, stelle Dich als ob Du
mich nicht kennst. Meine Rechte an Pauline trete
ich Dir ab. Nun lebe wohl, ich verzeihe Dir die
Sünden, die Du an mir begangen hast. Den an-
genommenen Namen behalte. Wenn Du diese Zeilen liesest, bin ich weit entfernt. Mit Frau von

Hohm ist Nichts zu machen, auch die Sophie laß in Ruhe, wenn Du sie noch findest. Alwine."

Franz stützte den Kopf und betrachtete die Zeilen, die von einer festen Frauenhand geschrieben waren.

„Dieser Rentier scheint ein seltsames Geschäft zu treiben oder doch getrieben zu haben!" dachte er.

„Wer ist in diesem Briefe gemeint . . . mein Vater oder ich? Soviel steht fest, Alwine ist mit Sophie bekannt und das entschwundene Kind spielt eine Hauptrolle in dieser Bekanntschaft. Madame Baum versichert zwar, sie habe ihren Sohn gut untergebracht; aber ich glaube ihr nicht, die gute Frau will mich täuschen. Auf diesen Punkt baue ich das System, das ich befolgen werde. Zu den übrigen räthselhaften Stellen des Briefs, den ich übrigens nicht theuer genug bezahlen kann, wird Adam selbst mir den Schlüssel liefern. Sophiens Knabe ist verschwunden und das genügt. Es thut mir leid, Sophie, ich kann Dich nicht aufgeben, da ich bei meiner Frau nichts erreiche. O, die . . ."

Er drückte die Faust an die Stirn und knirschte mit den Zähnen.

12*

„Das Weib ist schlecht!" rief er aus. „Aber ich werde ihr das Leben schwer machen."

Er verbarg den Brief und griff zu den Karten.

„Nun zu dem zweiten Geschäfte. Gestern hat Wedekind mich betrogen, heute werde ich ihn betrügen. Hervor denn, Du altes Metier, das mich und meine Tochter vor dem Verhungern geschützt hat. Jetzt sollst Du mir, edle Kunst, große Summen erringen."

Er legte ein kleines Etui auf den Tisch, das er aus der Seitentasche seines Rockes genommen. Das beschmutzte Leder deutete den vielfältigen Gebrauch an. In dem Etui befanden sich große und kleine Nadeln und zwei Metallplatten von der Größe einer Karte. Außerdem eine Scheere und ein Falzbein von weißem Horn.

Franz öffnete sorgfältig eines der Kartenspiele. Nun ergriff er einzelne Blätter und durchstach sie mit großen und kleinen Nadeln. Dann preßte er sie zwischen die Metallplatten, die er einige Augenblicke stehen ließ. Oeffnete er nun die Messingschrauben, so waren die feinen Stiche verschwunden, nur eine fast unmerkliche Erhöhung blieb zurück, an welcher der ge= schickte Spieler durch das Gefühl die Karte erkannte.

Franz zeichnete auf diese Weise eine Anzahl der Blätter. Dann verpackte er das ganze Spiel, als ob es neu wäre. Mit dem zweiten Spiele verfuhr er eben so. Diese Beschäftigung nahm fast eine Stunde in Anspruch. Zufrieden mit dem Resultat derselben, verbarg er die beiden Spiele in der Tasche seines Fracks.

„Nun zum Werke," murmelte er. „Und wenn Adam der beste Spieler von der Welt ist, er muß verlieren."

Franz verschloß sein Zimmer und ging in den Speisesaal. Adam befand sich schon unter den Gästen, er rauchte und sah dem Billardspiele zweier Lieutenants zu, die, um mit der Kunstsprache zu reden, wahre Meisterbälle machten.

„Guten Abend, Herr Nachbar!"

Franz reichte ihm freundlich die Hand.

„Speisen wir zusammen?" fragte Adam.

„In Ihrer Gesellschaft wird es mir vortrefflich schmecken. Gehen wir zum Souper."

Die beiden Männer nahmen ihre Plätze an der Tafel ein, bestellten Speisen und Wein und begannen das Mahl. Adam trank, wie Abends zuvor, Cham=

pagner. Er sprach von seiner Tochter, rühmte das Theater und freute sich auf das Spielchen, das den Freuden der Tafel folgen sollte. „Wir haben mehr als eine Stunde Zeit", fügte er hinzu, „da die heutige Oper lange währt. Sie werden, Sie müssen Glück haben, Herr von Hoym, da Fortuna eine wetter= wendische Dame ist wie alle Frauen. Gestern hatte sie mich lieb, heute wird die Unbeständige Sie in die Arme schließen."

Franz antwortete ruhig:

„Ich hoffe von den Frauen nicht viel, am wenig= sten aber von Dame Fortuna, die, so lange ich lebe, meine Freundin nicht gewesen ist."

„So wollen Sie nicht spielen, lieber Freund?"

„O ja, nur um Ihnen die kleine Erregung zu bereiten; die eine Abwechslung in Ihr monotones Leben bringt. Ich bin meinen Freunden gern ge= fällig."

„Danke!"

„Bitte, Herr Wedekind!"

„Ich muß Ihnen Revanche geben."

„Dessen bedarf es nicht."

„O, mein Bester, ein nobler Spieler dringt darauf!"

„Mir liegt an der verlorenen Summe Nichts," sagte Franz stolz.

„Weil Sie ein reicher Edelmann sind."

„Ich würde mich ärgern . . ."

Franz griff zum Glase und trank.

„Worüber, Freund, worüber?" fragte Adam.

Der Edelmann setzte ruhig sein Glas auf den Tisch zurück.

„Wenn ich gewänne."

„Oh! Oh!" rief Adam.

„Ich will einem Weibe Nichts zu danken haben."

„Der Fortuna, meinen Sie."

„Und ich selbst spiele so schlecht . . ."

„Es wird sich zeigen!" rief Adam lachend. „Freund, ich theile völlig Ihre Ansicht über die Frauen. Der Mann kann keine größere Thorheit begehen, als wenn er sein Glück von einer Frau hofft. Dies soll uns übrigens nicht abhalten, das projektirte Spiel= chen zu wagen. Mir liegt daran, daß Sie gewinnen, und viel gewinnen. Wir werden heute den Einsatz erhöhen."

„Freund, das Geld ist Nichts, ist nur Chi= märe . . ."

„Freilich, Chimäre, Nichts als Chimäre!" rief Adam lachend. „Robert der Teufel hat Recht . . ."

Er hob das Glas, sang die bekannte Melodie aus Meyerbeer's Oper und trank dann.

Franz hatte bereits eins der Kartenspiele in den Aermel seines Fracks gebracht. Ruhig zog er die Börse und legte sie vor sich auf den Tisch.

Wedekind winkte dem Oberkellner.

„Ein Spiel neuer Karten."

„Im Augenblick, mein Herr."

Der elegante Aufwärter, er trug einen schwarzen Frack und weiße Kravatte, hüpfte davon.

Die beiden Männer verständigten sich über die Art des Spiels und über die Höhe des Einsatzes. Wedekind sah verstohlen nach der Börse seines Mit= spielers, Franz schielte nach der Adam's. Sie wa= ren zufrieden, da Jeder eine respektable Summe zu wittern glaubte.

Der Oberkellner kam zurück.

„Hier sind die Karten, meine Herren!"

Er warf das Packet auf den Tisch.

Franz rührte sich nicht.

„Oeffnen Sie!" bat Wedekind lächelnd.

Darauf hatte Franz gewartet. Mit der Geschicklichkeit eines Taschenspielers verwechselte er die Pa-
kete; das Spiel, dessen einzelne Blätter er gezeichnet,
lag geöffnet vor ihm. Der getäuschte Wedekind hielt
die Karten für die, die der Oberkellner gebracht hatte.
Das Spiel begann. Franz verlor anfangs, dann
aber gewann er.

„Fast möchte ich glauben, Sie haben Recht!“
rief er. „Fortuna hat mich in ihr Herz geschlossen.
Wenn ein schlechter Spieler, wie ich bin, gewinnt, so
muß entweder das Glück ein fabelhaftes sein oder der
Mitspieler . . .“

„Muß schlecht spielen!“ unterbrach ihn Adam.

„Nein, er läßt ihn mit Fleiß gewinnen. Sie
treiben die Noblesse zu weit, Herr Wedekind!“

„Bitte, wenn ich gewänne, müßten Sie zahlen.“

„Natürlich; aber Sie gewinnen nicht.“

„Weil diese Karten mir entschieden Unglück
bringen.“

„Lassen Sie andere kommen.“

Adam rief den Oberkellner und bestellte andere
Karten. Franz legte die gebrauchten zusammen und
händigte sie dem Oberkellner gegen neue aus. Bei

dieser Gelegenheit eskamotirte er das zweite Spiel, das er bei sich trug, auf den Tisch.

„Oeffnen Sie!" bat er den Mitspieler.

Diesmal vollzog Adam das Geschäft. Ein Be= trug war gar nicht möglich, und doch war Adam schon betrogen, der die Enveloppe geöffnet hatte. Franz war einer der geschicktesten Falschspieler, gegen den Wedekind, ein raffinirter Spieler von Profession, nicht aufkommen konnte. Als die beiden Mädchen eintra= ten war Adam's Börse leer. Franz legte die Bank= noten in das Portefeuille und strich das Silbergeld in die Börse; er hatte heute das Vierfache von dem gewonnen, was er gestern verloren. Es war dies eine beträchtliche Summe; aber ruhig, als ob Nichts geschehen wäre, unterhielt er sich mit Anna, und We= dekind sprach mit Paulinen, die über die Leistungen der Sänger und Sängerinnen ein Urtheil abgab. Der Schlaukopf machte wirklich gute Miene zum bö= sen Spiele. Aber er traute dem Handel nicht recht, an das fabelhafte Glück des Edelmanns glaubte er nicht, er war vielmehr der Meinung, daß er an ihm den Meister gefunden. Anna wußte nicht, was und wie sie erzählen sollte; die Oper, die sie gehört und

gesehen, hatte ihr eine neue Welt eröffnet. Sie wußte
es der Freundin Dank, die sie zu dem Besuche des
Theaters veranlaßt. Gegen zehn Uhr verließen die
vier Personen gemeinschaftlich den Speisesaal und zo=
gen sich in ihre Zimmer zurück. Auf dem Korridor
des ersten Stocks küßten sich die beiden jungen Mäd=
chen, die im Theater eine innige Freundschaft ge=
schlossen hatten. Sie verabredeten einen Besuch für
den nächsten Morgen und trennten sich. Franz war
mit dem Ergebnisse des Tages und vorzüglich mit
dem des Abends zufrieden; er zählte seine Kasse und
fand, daß sie gut bestellt war. Den Brief Alwinen's
hatte er nicht zu theuer bezahlt und Edmund von
Stein war noch immer der Mann, der sich ausbeu=
ten ließ. Der arme Schelm mußte ein sehr schwa=
ches Gedächtniß haben, daß er den Namen seines
Freundes vergessen hatte. Franz wußte noch nicht,
wie er den Liebesbrief an die schöne Rosa befördern
sollte; aber er vertraute seinem Raffinement und dem
Glücke, das ihm in der letzten Zeit hold gewesen.
Der Advokat seiner Frau machte ihm indeß Sorgen
und er sah dem Besuche desselben mit einer Art Unruhe entgegen. Mißglückte die Spekulation auf das

Vermögen Beata's, so zeigte sich die Zukunft des
geschiedenen Mannes in keinem rosigen Lichte, er mußte
als Abenturier sein Leben fristen, da er weder den
Willen noch irgend wie Kenntnisse besaß, auf recht=
liche Weise zu erwerben. Die Tochter träumte von
der Oper und der liebenswürdigen Freundin und der
Vater beschäftigte sich im Traume mit Sophien, die
er schöner als die stolze Beata gefunden hatte.

Nach dem Frühstücke am nächsten Morgen ging
Anna zu der Freundin. Franz sah es gern, daß er
allein blieb, denn er vermuthete den Besuch des Ad=
vokaten, den ihm Beata in Aussicht gestellt. Gegen
zehn Uhr ward an die Thür geklopft. Franz, im
Schlafrocke, die rothe Mütze auf dem Haupte und
die brennende Zigarre im Munde, öffnete. Der lange
Doktor der Rechte stand an der Schwelle.

# 7.

## Der Rechtsanwalt.

Franz erkannte den Doktor auf den ersten Blick, dieser sah erstaunt den Edelmann an.

„Treten Sie ein!" sagte Franz unbefangen.

Der Advokat schloß die Thür hinter sich.

„Man sagte mir, in diesem Zimmer wohne Herr von Hoym."

„So hat man Ihnen die Wahrheit gesagt."

„Und Sie wären?"

„Franz von Hoym, der ehemalige Besitzer des Ritterguts Raberg. Zweifeln Sie an der Identität meiner Person?"

„Nein, nein! Aber vor wenig Tagen noch wohnte in meinem Hause ein Mann, der Ihnen täuschend ähnlich ist."

„Dieser Mann war ich, Herr Doktor; ich leugne

es nicht, daß ich in Armuth und Elend gelebt habe.
Ein Rittergutsbesitzer, mein Herr, hat auf Stroh geschlafen! Ich weiß nicht, wie ich es nennen soll . . .
aber es ist wahr . . . Sie sind der Besitzer von Na-
berg und ich . . . Nun, Sie wissen es ja . . . nachdem Sie mir das Gut genommen, haben Sie mich
auch aus der Jammerwohnung vertrieben, weil ich
zwei Thaler nicht bezahlen konnte. Und jetzt kommen
Sie, um meine Ehe zu lösen, damit ich ganz frei
werde. Nicht wahr, Sie kommen doch in der Absicht?"

Des Advokaten bleiches Gesicht blieb trocken und
kalt.

„Ich habe die Ehre der Rechtsanwalt der Frau
von Hoym zu sein. Im Auftrage der genannten
Dame komme ich zu Ihnen."

„Die Dame hat es mir schon angekündigt.

„Um so besser."

„Sind Sie mit Vollmacht versehen?" fragte
Franz.

„Mit Allem, was nöthig ist, um die Ehescheidung
zum Abschlusse zu bringen."

„Gut, so mag die Verhandlung beginnen. Nehmen Sie Platz!"

Franz schob nachläſſig einen Stuhl heran, auf dem sich der Advokat niederließ; er selbst warf sich auf das Sopha und fragte:

„Sie, also, Herr Doktor, wollen mir meine Frau abkaufen?"

Dann machte er einen langen Zug aus der Cigarre und blies den Rauch durch das Zimmer. Der bleiche Rechtsanwalt huſtete; der Rauch war ihm läſtig. Franz kümmerte sich darum nicht, er legte die Beine auf das Polster und rauchte fort.

„Sie gebrauchen da ein Wort, gnädiger Herr . . ."

„Nennen Sie mich nicht gnädig, ich bin ein armer Teufel, den ein pfiffiger Advokat vollſtändig ruinirt hat. Was bieten Sie mir für die Frau, Herr Doktor?"

„Bitte, verhandeln wir in einem der Sache würdigen Tone. Ich sollte doch meinen, daß es in Ihrem Intereſſe läge, ehrenvoll aus der Angelegenheit hervorzugehen."

Franz richtete sich hoch empor.

„Ehrenvoll?" fragte er gedehnt.

„So habe ich gesagt, Herr von Hoym. Und ich werde gleich darthun. daß Sie allen Grund haben, meine Klientin nicht zum Zorne zu reizen; ich bin nur der Bevollmächtigte, ich handle nur im Auftrage."

„Gut, so sprechen Sie, Herr Doktor!" sagte Franz.

Der Advokat räusperte sich und begann:

„Die Scheidung muß unter allen Umständen stattfinden . . . Es kann die Ehe, nach dem was vorangegangen, nicht fortdauern. Sie verzeihen mir, ich spreche im Namen meiner Klientin, deren Entschluß unerschütterlich feststeht. Ein Scheidungsgrund muß angegeben werden; erklären beide Parteien, daß unüberwindliche Abneigung ein eheliches Zusammenleben nicht gestattet, so wird der Prozeß in kurzer Zeit beendet sein. Eine Erklärung in diesem Sinne erbitte ich mir von Ihnen. Unterzeichnen Sie diese Schrift, nachdem Sie gelesen haben."

Der Doktor Georgi überreichte dem Edelmann ein Papier.

Franz hatte es gelesen und legte es auf den Tisch zurück.

„Gut, Herr Doktor. Die Erklärung ist so bündig abgefaßt, daß sie Ihrem Scharfsinne Ehre macht und ihre Wirkung vor Gericht nicht verfehlen wird. Was zahlen Sie mit für die Unterschrift?"

„Ich habe Auftrag, Ihnen tausend Thaler zu bieten."

Der Edelmann lachte hell auf.

„Tausend Thaler?"

„Für Ihre Tochter wird die Mutter sorgen, das Kind soll Ihnen keineswegs zur Last fallen."

„Sehr großmüthig."

„Und ich denke, daß tausend Thaler in Ihren Verhältnissen —"

„Eine schöne Summe sind. Herr Doktor, ich fordere hunderttausend Thaler, und bietet man mir einen Kreuzer weniger, so beharre ich darauf, daß meine Frau mir das am Altare gegebene Wort hält. Ich werde selbst die Hilfe des Gerichts in Anspruch nehmen, um die Dame zu ihrer Pflicht zurückführen zu lassen. Das ist mein Entschluß, der nicht minder feststeht als der meiner Frau. Lassen sich die Leute von der Hand des Priesters trauen, um beliebig wieder auseinanderzulaufen? Ein Ehemann hat seine Rechte . ."

Georgi streckte pathetisch die hagere Hand aus.

„Sie ereifern sich umsonst, verehrter Herr; ich kenne die Bedeutung der Ehe und die Rechte, die dem Manne und der Frau zustehen. Sie weisen also meinen Vorschlag zurück?"

„Entschieden ja!"

„Und wollen es auf den Prozeß ankommen lassen?"

„Wiederum entschieden ja; ich gehe selbst noch weiter: ich erhebe Klage gegen meine Frau."

„Gut, Herr von Hohm!"

„Demnach wäre unsere heutige Verhandlung zu Ende, Herr Doktor. Vor den Schranken des Gerichts sehen wir uns wieder."

Der Advokat hatte sich erhoben; er nahm das Papier und versenkte es ruhig in die Tasche.

„Unsere Angelegenheit, gnädiger Herr, ist jetzt in ein Stadium getreten, das mir die äußerste Vorsicht auferlegt. Wenn man eine Person verklagen will, so muß sie vorhanden sein ... Sie sind ein unstäter Herr, der heute seine Wohnung in einer Jammerhöhle, morgen in einem Hotel und übermorgen vielleicht unter freiem Himmel nimmt ... es ist meine Pflicht, daß ich für Ihre Anwesenheit sorge, damit meine Klientin nicht neuen Weitläufigkeiten ausgesetzt werde. Ich lasse Sie unter Schloß und Riegel bringen, dann werden Sie bei der Verhand= lung vor Gericht nicht fehlen."

Franz hatte seinen Platz verlassen.

„Wie?" rief er, „Sie wollen mich verhaften lassen?"

„Und zwar auf der Stelle. Ein Wort genügt, um die Polizei erscheinen zu lassen. Es sind alle Vorkehrungen getroffen."

Der Edelmann verschränkte die Arme und sah bitter lächelnd den langen Advokaten an.

„Mich wollen Sie verhaften lassen?" fragte er murmelnd. „Mich, mich? Ist es ein Verbrechen, daß ich nicht ohne Weiteres in die Scheidung willige?"

„Nein; aber der ist ein Verbrecher, der falsche Wechsel ausstellt."

„Ah, meine Frau hat mir schon damit gedroht! Das ist bezeichnend. Wo sind die falschen Wechsel?"

„In meinem Bureau. Zwingen Sie mich nicht, die Beweise Ihrer Schuld dem Staatsanwalte vor= zulegen. Für heute habe ich auf eigene Verantwor= tung einen Polizeidiener mitgebracht; unterzeichnen

13*

Sie die Schrift und ich entlasse den Mann ...
auch gebe ich Ihnen die bewußten Wechsel zurück.
Das Geschenk, das Ihnen die gnädige Frau zu machen gedenkt, werde ich Ihnen auszahlen ..."

„Sie sind nicht nur ein kluger, Sie sind auch
ein verwegener Advokat, Herr Doktor! Wahrlich, Sie
erfüllen den Beobachter mit Bewunderung. Der
Eifer, den Sie für Ihre Klientin an den Tag legen,
ist freilich nur ein bezahlter; aber um so mehr muß
man darüber staunen. Sie sind ein Heros unter
den Advokaten und ein Heiliger unter den Schurken.
Bleiben Sie, bleiben Sie, Herr Doktor! Entfernen
Sie sich ohne mich gehört zu haben, so bin ich nach
einer Viertelstunde bei dem Grafen von Auerstein..."

Franz wartete die Wirkung seiner Worte ab.
Sie war die erwünschte: Der Advokat, der schon
die Hand nach der Thür ausstreckte, blieb stehen und
sah mit stechenden Blicken den Edelmann an.

„Was kümmert mich ihr Besuch bei dem Grafen?"
fragte er mit ungewisser Stimme.

„Gehen Sie doch, gehen Sie doch, Herr Doktor!
Lassen Sie den Polizeidiener kommen, daß er mich
verhafte, dann kann ich dem Staatsanwalte die Ge=

schichte erzählen, die ich dem Grafen von Auerstein zugedacht habe. Warum gehen Sie denn nicht?"

„Weil ich noch auf einen friedlichen Vergleich hoffe."

„Auch ich hoffe ihn, Herr Doktor."

„Gut, so bewillige ich Ihnen zweitausend Thaler.',

„Sie lassen mit sich handeln."

„Um die Angelegenheit rasch zum Abschlusse zu bringen."

„Aber ich bleibe bei meiner Forderung, die Sie mir gewähren werden, nachdem Sie meine Geschichte gehört haben."

„Was für eine Geschichte? Sie machen mich neugierig."

„Nehmen Sie Ihren Platz wieder ein, ich werde erzählen."

Der Advokat ließ sich nieder. Der Edelmann nahm eine neue Cigarre, zündete sie ruhig an, legte sich auf das Sopha und begann im Tone des gleichgil= tigen Gesprächs: „Mein Vater hatte eine bedeutende Summe von dem Grafen Auerstein geliehen, die hy= pothekarisch auf unser Gut eingetragen war. Sie wissen es ja, Herr Doktor, da Sie als Rechtsan= walt meines Vaters dabei fungirten. Die Sache

war richtig zum Abschlusse gelangt und in aller Ordnung vollzogen. Nun aber fiel es meinem Vater
schwer die Zinsen zu zahlen; der Graf, ein nachsich-
tiger Mann, gewährte gern Stundung. Die Schwester des Gläubigers, eine alte Freundin des Schuld=
ners, wußte immer neue Nachsicht zu erwirken.
Doch, wie Alles sein Ende hat, ging auch die Nachsicht des Grafen zu Ende. Man wußte ihn jedoch
noch zu vertrösten, als meine Heirat mit der reichen
Erbin in Aussicht stand. Sie, Herr Doktor, hatten
wiederum die Hand im Spiele, und ich führte meine
Beata heim, nur deßhalb, um meinen Vater zu ret-
ten. Von Liebe war keine Spur vorhanden, ich hei-
ratete aus Spekulation. Vergessen Sie das nicht,
während Sie an dem Scheidungsprozesse arbeiten,
denn nur so können Sie meine Stellung richtig beurtheilen."

Herr von Hoym erzählte weiter:

„Klara von Auerstein, die Freundin meines Vaters, hatte aus mir unbekannten Gründen das Haus
ihres Bruders verlassen und war in ein Fräuleinstift
gegangen. Der Graf zedirte ihr das Kapital, das
mein Vater ihm schuldete, und somit war Klara die

Gläubigerin des Herrn von Hohm, der auf die Hilfe seiner reichen Schwiegertochter zählte. Klara, eine stets kränkliche Dame, wollte meinen Vater nicht drücken, sie wollte aber auch das Kapital und die Zinsen nicht einbüßen. Beata weigerte sich nämlich hartnäckig, die Schulden ihres Schwiegervaters zu bezahlen, da sie das volle Vermögen ihrer Tochter behalten wollte, die um jene Zeit das Licht der Welt erblickt. Im Grunde genommen, konnte ich es ihr nicht verargen, aber ich mußte doch auf Zahlung dringen, um den Vater zu ret= ten. Dies gab nun Anlaß zu ehelichen Zwistigkeiten, die sich fast täglich wiederholten. Klara von Auerstein ward krank; sie ließ ihren Notar kommen, den Herrn Doktor Georgi, und machte ein Testament zu Gunsten ihres Bruders, des damaligen Lieutenants Theodor von Auerstein, der weil er mit seinem reichen Bruder in Unfrieden lebte, sich nicht in den glänzendsten Verhält= nissen befand. Der Herr Notar aber, der begriff, daß die Kranke bald sterben würde, sorgte für sich. Klara starb auch wirklich und als ihr Testament geöffnet wurde, fand sich, daß der Doktor Georgi für treu ge= leistete Dienste das Kapital geerbt hatte, das auf dem Gute meines Vaters stand. Ich weiß nicht genau

mehr, wie diese seltsame Testirung außerdem noch mo=
tivirt war; aber sie existirte in aller Form, konnte nicht
angefochten werden und mußte demnach in Vollzug
treten. Jetzt erging es meinem armen Vater übel;
der Doktor griff ihn energisch an, das Gut kam zum
Verkaufe und nach kurzer Frist war der Doktor Georgi
Rittergutsbesitzer.

„Und er ist es noch!" murmelte lächelnd der Advokat.

„Durch einen Schurkenstreich!"

„Herr von Hoym, Sie sprechen ein hartes Wort aus."

„Das ich öffentlich zu vertreten bereit bin."

„Oh, oh!"

„Sie haben ein falsches Testament angefertigt!"
rief Franz entschieden.

„Lächerlich!"

„Sie sind ein Betrüger!" fügte er hinzu, sich er=
hebend.

Des Doktors Gesicht veränderte sich nicht.

„Zeugen sind nicht vorhanden, ich kann Sie nicht
fassen . . . Sie toben in ohnmächtiger Wuth gegen den
Rechtsanwalt der Frau von Hoym . . . ich werde so
lange Nachsicht mit Ihnen haben, als Sie unter vier

Augen Ihr Gift ausgeifern. Gehen Sie aber wei=
ter, dann vernichte ich Sie!"

„Sie, Sie wollen mich vernichten?"

„Ein Wechselfälscher kommt in das Zuchthaus!"

„Wo er den Testamentsfälscher antrifft."

„Sie vergessen, lieber Herr, daß man eine Anklage
beweisen muß. Doch wozu verliere ich noch Worte
. . . Ihr eigner Vater hat das Testament als Zeuge
unterzeichnet."

„Ganz recht, denn von ihm habe ich die heillose
Betrugsgeschichte erfahren; er selbst war dabei bethei=
ligt. Aber Sie haben ihn überlistet . . ."

„Wollen Sie auch den Vater anklagen?" fragte
mitleidig der Advokat.

„Ich verschmähe kein Mittel, um Sie vollständig
zu entlarven. Die Bekenntnisse meines Vaters, des
Mitschuldigen, den Sie verleitet haben, ein Verbrechen
zu begehen, übergebe ich dem Grafen Theodor von
Auerstein. Ich besitze sie alle, diese Bekenntnisse; auch
lebt der zweite Zeuge noch, den Sie mit einer geringen
Summe abgefunden haben. Der Mensch ist ein=
geschüchtert, er wagt nicht zu sprechen aus Furcht vor
Strafe, die ihn als den Mitschuldigen trifft. Mein

armer Vater war nur ein Werkzeug in Ihrer Hand, er mußte sich zu Allem gebrauchen lassen, selbst dazu, ein falsches Testament zu unterzeichnen."

„Warum, Herr von Hohm," fragte lächelnd der Advokat, „ist Ihr Vater nicht gegen mich aufgetreten, als ich ihm das Gut verkaufen ließ?"

Franz stützte sich mit beiden Händen auf den Tisch und sah starr den Advokaten an.

„Auf die Frage, Herr Doktor, war ich vorbereitet!" rief er. „Sie würden meinem Vater gesagt haben: Wenn Du nicht schweigst, wenn Du nicht ruhig Dein Gut hergibst und Dich mit der von mir bestimmten Abfindungssumme begnügst, so klage ich Dich des Meuchelmordes an! Das würden Sie ihm entgegengeschleudert haben! Und leider, ich muß es bekennen, lastete ein Mord auf dem Gewissen meines Vaters, ein Mord, den er in der Uebereilung, im Jähzorne, begangen. Und er schwieg, er schwieg auch da, als Sie ihm die versprochene Summe nicht zahlten, sondern einfach an den reichen Sohn verwiesen. Der reiche Sohn aber war arm, denn er hatte sich von seiner Frau getrennt, die ihn unwürdig behandelte. Und wollen Sie wissen, wo der Mann der reichen

Frau lebte? Bei dem schwermüthigen Vater, den er überwachte und ernährte. Glücklicherweise machte der Tod den Leiden Beider bald ein Ende. Ehe der schwergeprüfte Mann starb, übergab er mir seine Bekenntnisse, auch den Kontrakt, den er mit Ihnen abgeschlossen. Ein Verbrechen, Herr Doktor, verjährt nicht so bald, Sie müssen dies als Jurist wissen. Und nun hören Sie meine letzten Worte. Das Leben hat mich zu dem gemacht, was ich jetzt bin, ein Aventurier, ein Mann der Spekulation. Ich sorge für meine alten Tage und für mein Kind. Sie, Herr Doktor, sind ein scharfsinniger Kopf, ein Mensch ohne Gewissen, eine Maschine, die Alles zermalmt, was ihr den Weg versperrt . . . es gibt kein zweites Individuum auf Gottes weiter Erde, das das durchzuführen fähig ist, was Sie . . . Sie wären ein großer Mann in der menschlichen Gesellschaft, wenn Sie ein Gewissen und Ehre im Leibe hätten. Ihrer bedarf ich jetzt. Schaffen Sie mir hunderttausend Thaler, mir ist es gleich woher Sie das Geld nehmen . . . so willige ich in die Scheidung, übergebe Ihnen die Papiere meines Vaters und schweige für ewige Zeiten. Das ist mein fester Entschluß.“

„Wirklich?"

„Ja, ja und abermals ja!"

Der Advokat hatte die Hand an das spitze Kinn gelegt.

„Herr von Hoym, beantworten Sie mir aufrichtig eine Frage."

„Gern, sehr gern! Sie müssen wohl schon erkannt haben, daß Zurückhaltung meine Sache nicht ist."

„Sie haben mir gesagt was Sie thun werden, wenn ich zahle . . ."

„Ja."

„Was werden Sie thun, wenn ich nicht zahle?"

Franz lachte hell auf.

„Diesen Fall, mein Bester, nehme ich gar nicht an."

„Warum?"

„Weil er nicht möglich ist. Ein Mann Ihrer Art vermeidet das Aufsehen und fischt im Trüben fort. Nein," fügte Franz hinzu, indem er die Hand auf die Achsel des Rechtsanwalts legte, „nein, Sie zahlen auf alle Fälle und sollten Sie das Geld von Ihrem eigenen Vermögen nehmen."

Der Doktor trat einen Schritt zurück.

„Sie irren, gnädiger Herr! Mein Vermögen ist zu unbedeutend, es reicht nicht aus . . .“

„So wenden Sie sich an meine Frau.“

„Was werden Sie thun, wenn ich jetzt erkläre: ich zahle nicht, ich lasse mich nicht einschüchtern?“

„Mann des Rechtes und des Scharfsinns, ich habe es Ihnen ja schon gesagt . . . meine Person verfügt sich zu dem Grafen Theodor von Auerstein und die Person des Grafen, mit meinen Papieren ausgerüstet, verfügt sich zu dem Staatsanwalte. Wollen Sie den Erfolg dieser Schritte abwarten . . . mir ist es recht. Der falschen Wechsel wegen werde ich mich schon rechtfertigen. Ich habe die Vollmacht meiner Frau gehabt . . . Bah, die Geschichte ist lächerlich!“

„Es kommt darauf an.“

„Und ich lasse es darauf ankommen. Wenn Sie nicht zahlen, zahlt Graf Theodor, sobald er das Kapital sammt Zinsen besitzt. Die Zinsen müssen eine schöne Summe repräsentiren. Also kurz und bündig, Herr Doktor . . .“

„Gut, kurz und bündig . . . Vor längerer Zeit starb in dem Hospitale eine schöne Frau, eine Witwe, die das Vertrauen Ihres Vaters besaß. Ich glaube, die schöne Frau nannte sich Alwine Wedekind."

„Wie, Alwine Wedekind?"

„Genau so."

„Und diese Frau besaß das Vertrauen meines Vaters?"

„Auch seine zärtliche Liebe!" fügte der Doktor hinzu.

„Das ist mir neu!" murmelte Franz.

„Sie kennen also die Geschichte nicht?"

„Nein."

„So werde ich sie Ihnen erzählen. Frau Wedekind starb in dem Hospitale. Die Art, wie sie dorthin gebracht, ist ein Meisterstück Ihres Vaters."

„Ich begreife nicht, Herr Doktor."

„Unterbrechen Sie mich nicht. Die Zeit, die ich Ihnen widmen kann, ist längst um. Frau Wedekind also lebte als Wirthschafterin auf dem Gute Ihres Vaters. Sie, mein Herr, mögen sich wohl wo anders aufgehalten haben, denn ich erinnere mich, daß gleich nach dem Ereignisse, das ich erzählen will, Ihre Hochzeit stattfand. Die Wedekind, eine üppig schöne Frau, erregte das Wohlgefallen Ihres Vaters und die

ser versprach ihr die Ehe, trotzdem er verschiedene
Jahre älter war als sie. Beide verlobten sich in der
Stille. Die Wedekind war arm, Ihr Vater sollte
reich sein. Wie gesagt, es hatte sich das zärtlichste
Verhältniß zwischen Beiden gebildet, aber auch das
vertraulichste. Der Pfarrer des Orts besaß gewisse
Papiere, die Herrn von Hoym nützlich werden konnten. Es lag ihm daran, diese Papiere zu erlangen.
Frau Wedekind, die ihrer Liebe Alles opferte, spielte
die Hausfreundin des Pfarrers und stahl diesem die
wichtigen Papiere. Für die Auslieferung aber verlangte sie, daß der Verlobte sie zur gnädigen Frau
machte. Der gnädige Herr verschob die Trauung von
einer Woche zur andern. Das erweckte den Verdacht
der schlauen Wittwe. Es kam zu heftigen Szenen,
die sich von Zeit zu Zeit wiederholten. Plötzlich war
die schöne Frau verschwunden; sie schrieb aus der Residenz einen Brief an den Galan, in welchem sie ihm
entschieden erklärte, daß, wenn er sein Wort nicht halte,
sie die Papiere vernichten würde. Ihr Vater eilte
nach der Residenz. Er fand die Geliebte in einem
bescheidenen Wirthshause. Es kam zu Erklärungen
und auch, wenigstens scheinbar, zur Aussöhnung. Ich

war damals schon der Rechtsanwalt Ihres Vaters
und kannte alle seine Angelegenheiten, auch diese Do=
kumentengeschichte."

„Natürlich, natürlich!" rief Franz. „Ich habe
allen Grund zu der Annahme, daß mein Vater ohne
Ihren Rath nichts gethan hat . . . oder richtiger
gesagt, ohne Ihre Erlaubniß."

Der Advokat roch in seine goldene Dose und fuhr
dann fort:

„Mit einer so schlauen Person wie die Wedekind
war nicht viel anzufangen, das begriff Herr von Hohm;
aber heiraten konnte und wollte er sie nicht. Er
konnte deßhalb nicht, weil sein Ruin bevorstand, wenn
die Heirat seines Sohnes nicht zu Stande kam, die
damals eifrig betrieben ward. Er wollte deßhalb
nicht, weil das Vorleben der Wedekind nicht das beste
war, wie ich erfahren hatte. Die Papiere indeß mußte
er besitzen, denn sie waren das einzige Mittel, den
Grafen von Auerstein zur Nachsicht, vielleicht gar
zur Quittirung der Summe zu zwingen. Ich er=
zähle kurz, mein Herr, da mich die Zeit drängt.
Die Wedekind war ohne Hilfsmittel und hatte in dem
Gasthause schon ein bedeutende Rechnung, die sie nicht

bezahlen konnte. Der Wirth wollte ihr schon den
Unterhalt nicht mehr gewähren und drohete mit Hin=
aussetzung. In dieser trostlosen Lage verschmähte
die Frau dennoch die Annahme einer Summe gegen
die Herausgabe der Papiere, sie wollte durchaus
Frau von Hoym werden, wie man ihr versprochen
hatte. Ihr Vater erschöpfte sich in Vorstellungen . . .
umsonst, die Schöne blieb hartnäckig. Sie zeigte die
Papiere, aber sie bewachte sie wie eine Million. Da
ward sie plötzlich krank . . . . vor Aufregung hieß
es. Der Wirth wollte die Kranke nicht behalten,
die sich wie eine Wahnsinnige geberdete. Er ließ den
Polizeiarzt kommen, der eine schwere Krankheit vermu=
thete und auf Fortschaffung in das Hospital drang.
Herr von Hoym hatte noch eine Unterredung mit der
Kranken, die eine gräßliche Furcht vor dem Hospitale hegte.
Er sagte ihr, daß sie die traurig Situation mit einem
Schlage ändern könne, bedauerte ihre Hartnäckigkeit und
gab den festen Willen zu erkennen, ihr mitleidslos sein
Herz zu verschließen. „Sie wollen mich wirklich in
das Hospital schaffen lassen?" rief sie zornig. „Sie
kennen die Bedingung, unter der ich mich Ihrer
annehme," antwortete der Edelmann; „meine Woh=

nung wiſſen Sie, laſſen Sie mich rufen, wenn Sie
anderer Willensmeinung geworden ſind." Nach die=
ſer Erklärung verließ ſie Herr von Hoym. Er hoffte
bald die Papiere zu erhalten, da die Lage der Frau
wahrhaft troſtlos war; leider hatte er ſich getäuſcht.
Da die kranke Frau nicht reiſen konnte und der Wirth
ſie nicht behalten wollte, ſchaffte man ſie unter dem
heftigſten Widerſtreben in das allgemeine Hoſpital zu
den armen Kranken. Ihre Tobſucht hielt man für
die Folge der Krankheit, die damals in der Stadt
graſſirte, des Typhus. Als Herr von Hoym ſich in
dem Hoſpital nach ihr erkundigte, war ſie todt. Er
ließ ihre Sachen durchſuchen, doch nirgends fand ſich
ein Papier.

Der Doktor nahm wiederum eine Priſe Tabak.

„Was ſoll dieſe Geſchichte beweiſen?" fragte
Franz. „Wie wollen Sie darthun, daß mein Vater
ein Verbrechen begangen?"

„In dem Hoſpitale hat man eine Typhuskranke
behandelt . . ."

„Die Aerzte werden die Krankheit ſchon erkannt
haben."

„Nein, sie hätten der schönen Frau sonst ein Ge-
gengift gegeben."

„Herr Doktor!"

„Ah, Sie kommen nun hinter den wahren Sach-
verhalt."

„Kann mein Vater dafür, daß das Weib Gift
genommen?"

„Nein. Sie hat es nicht genommen, er hat es
ihr gegeben."

Franz fuhr auf.

„Mein Herr, Sie sind ein Lügner!"

Der Advokat verneigte sich.

„Danke, Herr von Hoym."

„Ihre Erfindung ist zu plump."

„Bitte, gnädiger Herr."

„Woher soll mein Vater das Gift genommen
haben?"

„Dies ist mein Geheimniß."

„So behalten Sie es, ich gebe Nichts dafür."

„Wie Sie wollen, Herr von Hoym. Wollen
Sie die gegebenen Andeutungen nicht benützen . . ."

„Nein!" rief Franz. „Ich lasse mich durch plumpe
Erfindungen nicht einschüchtern."

14*

Der Advokat hatte wiederum seinen Stock ergriffen.

„Wie steht es mit meiner Forderung?" fragte er kriechend.

„Mit Ihrer Forderung?"

„Nun ja!"

„Ich, Herr Doktor, habe zu fordern."

„Sie werden ablassen, gnädiger Herr!" sagte in einem fast ironischen Tone der Rechtsanwalt.

„Hoffen Sie Nichts!"

„Und doch; Sie werden zu der Einsicht gelangen, daß ich Sie ganz in meiner Gewalt habe. Ich kann Sie vernichten, ich kann Sie in das Gefängniß bringen . . . vielleicht noch weiter."

Franz griff zu einer neuen Zigarre, um seine Unbefangenheit zu zeigen.

„Unsere Waffen, mein Bester, sind ganz gleich; beginnt der Kampf, so endigt er mit dem Untergange beider Parteien."

Der Advokat sagte höflich:

„Sie sind befangen, gnädiger Herr . . . Sie können die Sachlage nicht ganz erfassen . . . Überlegen Sie, ich werde aus eigener Machtvollkommenheit Ihnen drei Tage Frist geben. Auch lege ich wohl noch fünfhundert Thaler zu . . ."

Franz lachte wieder hell auf.

„Wie großmüthig!"

„Entfernen Sie sich, so werden Sie durch Steckbriefe verfolgt, die das Kriminalgericht dem Wechselfälscher nachsendet."

Der Edelmann zerdrückte die Cigarre, die er in der Hand hielt und schleuderte sie zu Boden.

„Reizen Sie mich nicht!" zischte er.

„Nein, ich gedenke Sie zu beruhigen, damit Sie reiflich nachsinnen."

Der Doktor verneigte sich und schritt der Thür zu. Plötzlich blieb er stehen, sah zur Decke empor nnd murmelte:

„Ich wollte Ihnen doch noch etwas sagen, wollte Ihnen darthun, daß ich Sie geschont habe . . . Was ist es doch? Ich war schon mit dem Termine beschäftigt, der meiner wartet . . ."

„Zählen Sie nicht auf meinen Besuch!" rief Franz. „Sie werden wieder zu mir kommen."

Diese Worte schien der lange Advokat nicht gehört zu haben.

„Ganz recht, nun habe ich es!" murmelte er. „Es ist doch gut, wenn ich Ihnen auch dies noch sage."

Er kam zurück, sah sich um und fragte:

„Sie wollten wissen, woher Ihr Vater das Gift genommen, das er der Wedekind gegeben hat?"

„Sprechen Sie die neue Lüge aus!" rief Franz.

Mit einem bittersüßen Lächeln flüsterte der Advokat:

„Es war der Rest von dem Gifte, das Ihre arme Mutter in die Grube gebracht hat."

Langsam und leise verließ er das Zimmer.

Franz stand leichenblaß und zitternd an dem Tische.

„Dieser Advokat ist ein gräßlicher Mensch!" hauchte er vor sich hin. „Ich werde doch wohl gegen ihn Nichts ausrichten können! Die Wagschale steht so ziemlich gleich ... Wir sind Beide vernichtet, wenn Einer das Gleichgewicht stört."

Ende des vierten Theils.